수상한 안경점

수상한 안경점

청소년 성장소설 십대들의 힐링캠프, 공감(초등 고학년)

[십대들의 힐링캠프®] 시리즈 NO.30

지은이 | 조욱
발행인 | 김경아

2021년 4월 19일 1판 1쇄 발행
2021년 9월 14일 1판 2쇄 발행
2022년 4월 5일 1판 3쇄 발행
2022년 6월 27일 1판 4쇄 발행
2023년 4월 19일 1판 5쇄 발행(총 10,000부 발행)

이 책을 만든 사람들
책임 기획 | 김경아
기획 | 김효정
북 디자인 | KHJ북디자인
도서 삽화 | 정지란
교정 교열 | 이홍림
경영 지원 | 홍종남

이 책을 함께 만든 사람들
종이 | 제이피씨 정동수 · 정충엽
제작 및 인쇄 | 천일문화사 유재상

청소년 기획위원
정가인, 양태훈, 양재욱

펴낸곳 | 행복한나무
출판등록 | 2007년 3월 7일. 제 2007-5호
주소 | 경기도 남양주시 도농로 34, 301동 301호(다산동, 플루리움)
전화 | 02) 322-3856 팩스 | 02) 322-3857
홈페이지 | www.ihappytree.com
도서 문의(출판사 e-mail) | e21chope@daum.net
내용 문의(지은이 e-mail) | whdnr629@naver.com
※ 이 책을 읽다가 궁금한 점이 있을 때는 지은이 e-mail을 이용해 주세요.

ⓒ 조욱, 2021
ISBN 979-11-88758-31-9
"행복한나무" 도서번호 : 132

수상한 안경점

| 조욱 지음 |

차 례

등장인물 소개 ● 6

1. 말 없는 아이 ● 9

2. 수상한 안경점 ● 19

3. 나에게만 보이는 이상한 선 ● 35

4. 비밀친구 놀이와 정희 ● 45

5. 혹시, 안경에 다른 능력이? ● 57

6. 검은 선의 이유 ● 67

7. 이상하고 다양한 선 ● 85

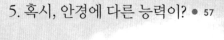

8. 다시 가 볼까? 그 안경점 ● 103

9. 선이 없는 가족 ● 115

10. 현우네 가족과 우리 가족 ● 125

11. 선을 잡다 ● 135

12. 엄마의 검은 선과 줄다리기 ● 143

13. 알 것 같다, '감정'이라는 것 ● 151

14. 앗, 선이 보이지 않는다! ● 167

|에필로그| 친구는 공기놀이와 같다 ● 177

|작가의 말| 연결의 경험 ● 181

등장인물 소개

민기

소심하지만 생각이 많은 소설의 주인공.

스마트폰에 빠지면서 친구 관계도 신경 끄고 살지만 신비한 안경을

쓰게 되면서 사람들 사이의 선을 보게 됨.

현우

반에서 문제아로 낙인 찍힌 아이.

친구와의 다툼이 많은 아이지만 민기와 다르면서도 비슷한 아픔을 가

졌음.

정희

민기와 같은 반 여학생.

학교에서 단짝과 둘만 어울리다가 그 아이가 전학을 가자 혼자 남겨져

외로워함. 다시 친구를 사귀려고 하지만 새로운 친구를 사귀기 힘듦.

민기 엄마

민기를 사랑하지만, 또래 엄마들의 말에 휘둘려 학원을 보내는 것이
민기를 위하는 것이라고 믿음.

민기 아빠

예전에는 민기와 캐치볼도 했지만, 요즘은 직장에서 돌아오면 주로 소
파에 누워 핸드폰만 보고 있음. 늘 바쁘고 피곤해서 민기에게는 관심
없는 것처럼 보임.

안경점 아저씨

수상한 안경점의 주인아저씨.
민기의 마음에 맞는 안경을 맞춰 주고, 민기가 다시 사람들 속에
들어갈 수 있도록 도와줌.

현실에선 맘에 들지 않아도

사이가 틀어질까 봐

억지로 웃어야 하는 경우도 있잖아.

이 방에선 맘에 들지 않거나 욕하는 사람이 있으면

신고해서 강퇴시켜 버리면 그만이야.

:1:

말 없는 아이

오늘도 내 주변엔 아무도 오지 않았어.

난 항상 혼자였지.

밥 먹을 때도 화장실 갈 때도 늘 마찬가지야.

아이들 중에는 학년이 끝날 때까지 내가 같은 반인 줄도 모르는 애도 있었어.

짝꿍하고도 몇 마디 안 할 정도였으니 선생님들은 오죽했겠어?

아마 나라는 아이가 있는지도 모르는 선생님도 있을 거야.

그렇다고 내가 은따나 왕따는 아니야.

단지 말 없는 아이였을 뿐.

외롭지 않았냐고?

물론 심심하긴 하지.

사실 처음에는 말할 수 없이 외로웠어.

그런데 다들 그런 경험이 있잖아.

처음에는 견딜 수 없이 힘들어도 시간이 지나면 점점 적응이 되어 무덤덤해지는 것 말이야.

언제부터 친구들과 말을 하지 않았냐고?

처음엔 학교에서 쉬는 시간에 밀린 학원 숙제를 하면서부터였어.

다들 알겠지만, 사실 학원 숙제를 하기에는 집보다는 학교가

수상한 안경점

훨씬 좋아.

집에서는 몰폰을 할 수 있지만 학교에서는 핸드폰을 꺼낼 수도 없으니까 말야.

어쨌든 나는 쉬는 시간에 그냥 자리에 앉아서 학원 숙제를 하기 시작했어.

나는 매일 수학, 영어, 논술, 이렇게 학원을 세 군데나 돌아야만 겨우 집에 올 수 있었거든.

4학년 때까지는 엄마가 집에 계셔서 좋았어.

학교 갔다 오면 간식도 주고, 이것저것 챙겨 주니까 든든한 느낌 있잖아.

그런데 동네 아주머니들이 집에 놀러 오면 항상 이런 말을 하셨어.

"민기는 학원 안 다니나 봐?"

"어쩌려고 그래? 요즘 학원 안 다니는 애가 어디 있어?"

"학원은 선택이 아니라 필수야."

"민기 엄마, 지금 영어 안 잡아 놓으면 나중에 못 따라가."

대화는 항상 이런 식으로 흘러갔어.

그리고 그런 얘기들을 들으면 나는 불안해지곤 했지.

그 학원 숭배자 아주머니들의 꼬임에 엄마가 넘어가지 않을까 걱정이 되었거든.

얼마 전 엄마가 갑자기 그만뒀던 보험 판매원 일을 다시 하기로 했다고 말했어.

엄마는 내가 태어나고 나서 일을 그만뒀다고 했는데, 갑자기 왜 다시 일을 하시려는 걸까 궁금했어. 그런데 역시나, 엄마는 다시 일하기로 결정한 이유가 바로 내 학원비를 벌기 위해서라는 거야.

내가 아무리 싫다고 해도 엄마는 막무가내였지.

"엄마, 나 그냥 학교 끝나고 집에서 공부하면 안 돼?"

"안 돼, 학교 수업 끝나면 학원 차로 데리러 오고, 집에 데려다주고 얼마나 좋니?"

나는 순간 '그건 엄마가 좋은 거고'라고 말할 뻔했어.

"학교 끝나고 친구랑도 놀고 싶은데……."

"이제 5학년인데 놀 시간이 어디 있니? 902호 영란이는 벌써 중학교 수학 공부한다고 그러더라. 지난번 수학 수행평가 점수 보고 너도 학원이나 다녀 볼까 했잖아."

"그렇긴 하지만……."

"이참에 수학학원에 가서 부족한 부분 잘 배우면 되겠네. 그리고 앞으로 중고등학교 가면 보고서 쓰는 것도 많다니까, 논술학원도 다녀 봐. 영어는 지금 해 놓지 않으면 나중에 중학교 가서 영어 배운 애들 못 따라간대…….”

엄마는 끊임없이 내가 학원을 가야 하는 이유를 줄줄 얘기하시는 거야.

“알았어. 알았다고!”

아무리 싫다고 얘기해도 이미 어쩔 수 없는 분위기였지.

더 이상 엄마와 말도 하기 싫었어.

“학원 갔다 오면 집에서 핸드폰 하는 시간 늘려 줄게.”

이 한마디로 엄마와의 신경전은 끝나 버렸지.

갑자기 학원을 세 군데나 등록해서 다니다 보니 숙제가 엄청나게 많았어.

그런데 집에서는 죽어도 숙제가 하기 싫은 거 있지?

엄마 말대로 하고 싶지 않았고, 그게 엄마에 대한 복수라고 생각한 거야.

그때부터 집에서 몰래 핸드폰을 하기 시작했지.

처음엔 게임 유튜브를 봤어.

나는 자동차 레이싱 게임과 야구 게임을 좋아하는데, 게임 관련 유튜브 채널을 구독하기도 하고, 게임 채팅방에서 같은 게임을 좋아하는 사람들과 채팅하면서 시간을 보내기도 했고.

그러다 보면 하루에 3~4시간은 휙 가 버리더라고.

온라인에서 사람들과 얘기하는 건 너무 재미있었어. 눈치 보지 않고 좋아하는 게임 얘기를 실컷 떠들 수도 있고 말야.

그래서 채팅방에 점점 빠져들었지.

오프라인에서는 맘에 들지 않아도 사이가 틀어질까 봐 억지로 웃어야 하는 경우도 있잖아.

그렇지만 채팅방에선 맘에 들지 않거나 욕하는 사람이 있으면 신고해서 강퇴시켜 버리면 그만이야.

얼마나 편해?

적어도 거기엔 상대방이 뭐라고 심한 말을 해도 소심해서 아무 대꾸도 못 하는 현실의 나는 없으니까.

나는 점점 학교에서 말을 하지 않게 됐어.

쉬는 시간에는 밀린 학원 숙제를 하느라 바쁘기도 했지만 말야.

선생님도 조용히 지내는 나에게 굳이 말을 걸진 않았어.

수업 시간엔 선생님의 질문에 손을 들고 발표하려는 아이들이 항상 다섯 명 정도는 있었거든. 그 애들 덕분에 나는 조용히 있어도 아무 문제 없었어.

선생님이 내 주시는 과제만 하면 귀찮게 하지 않았지.

너무 잘하거나 못하지만 않으면 발표를 시키지도 않고, 다시 해 보라고 하지도 않으니깐 딱 중간만 하면 돼.

점점 누군가와 친해진다는 것은 나에게 귀찮은 일이 되어 갔어.

나는 수업 시간이 끝나기만을 기다리면서 주머니에 손을 넣어 핸드폰을 만지작거렸어.

수업 시간이 끝나는 벨소리가 조용하던 교실에 퍼지자 아이들의 웅성거리는 소리가 커졌어.

선생님께선 급하게 수업을 마무리하고 교실을 나서는 아이들 뒤에다 대고 말씀하셨지.

"오늘부터 학부모 상담 주간이니까 방과 후에 교실로 오면 안 된다."

"네!"

집에 갈 시간이 되자 아이들의 대답 소리에는 힘이 잔뜩 들어갔어.

오늘은 수요일, 학교 가는 날 중에서 가장 신나는 날이야.

수업이 끝나고 학원 가기 전에 한 시간 정도 여유 시간이 있는 유일한 날이거든.

친구랑 노는 대신 그 시간에 핸드폰을 하면서, 난 더 편해졌어.

놀다가 친구들과 싸우는 일도 없고, 내가 하고 싶은 걸 마음껏 할 수 있으니까 점점 그런 생활에 익숙해져 버렸지.

나는 교실 앞 복도에 앉아서 핸드폰을 꺼냈어.

"쯧쯧, 집에 안 가고 여기서 게임이나 하고 있니?"

선생님이 한 마디 툭 던지고는 지나가셨지.

뭐라고 했다가는 또 말대답한다는 말이나 들을까 봐 다시 게임 화면으로 고개를 돌렸어.

얼마나 게임을 하고 있었을까?

"여민기!"

학원 차 운전기사 선생님이 부르는 소리에 깜짝 놀라 고개를 들었어.

"선생님이 시간 맞춰서 내려오라고 했지?"

"앗, 깜박했어요."

선생님은 급하게 나를 찾으러 다니셨는지 숨을 헐떡거렸어.

나는 말 없이 학원 차에 탔어.

차 안에 있던 다른 아이들은 모두 핸드폰을 보고 있었어.

다들 누가 탔는지는 아무 관심도 없지.

핸드폰만 뚫어져라 보는 아이들을 지나 자리에 앉자마자 나도 폰을 꺼냈어.

이젠 친구들 얼굴을 보는 것보다 핸드폰 화면을 보는 게 더 익숙해진 것 같아.

제가 어떻게 보이실지 모르겠지만

저는 그 사람에게 꼭 맞는

안경 렌즈를 만들어 낼 수 있답니다.

: 2 :

수상한 안경점

학원 문을 나오니 밖은 벌써 어두워져 있었어.

횡단보도에 서서 멍하니 신호등이 바뀌기를 기다리고 있었는데, 맞은편 아파트 정문 쪽에서 누군가 이쪽을 향해 손을 흔들고 있는 게 보이는 거야.

눈을 찡그리고 보니 희미하던 모습이 조금 선명해졌어.

엄마였지.

길을 건너자 엄마가 한마디 했어.

"엄마인 줄 몰랐어?"

"응."

"요즘 맨날 핸드폰 가까이서 보더니 눈 나빠진 거 아냐? 이번 주는 엄마랑 아빠 둘 다 바쁘니까 토요일 오전에 안과 가 보자."

"괜찮아. 가까운 것만 잘 보이면 되지 뭘."

"괜찮긴, 흐릿하게 보이는 게 얼마나 불편한데. 수업 시간에 선생님이 칠판에 쓰시는 글도 안 보이지?"

"어……, 응."

"눈이 잘 보여야 칠판도 잘 보이고 공부도 잘하지. 아무 말하지 말고 토요일에 안과 가 보자. 알겠지?"

엄마는 내 눈이 나빠져서 잘 안 보이는 게 걱정일까? 아니면 내가 공부를 못하는 게 걱정일까?

수상한 안경점

잠깐 이런 생각이 스쳐 갔지만, 난 그냥 입을 다물었어.

토요일 아침.

평일에는 그렇게 일어나기 싫더니 토요일만 되면 왜 이른 아침부터 눈이 떠지는 걸까?

엄마 아빠가 늦잠을 자는 동안 마음 편하게 게임을 할 수 있어서일까?

어쨌든 TV를 볼까 하다가 엄마 아빠가 깰까 봐 핸드폰으로 게임을 하기로 했어.

이불을 뒤집어쓰고 한참 게임을 하고 있는데 엄마가 불렀어.

"밥 먹어."

거실로 나갈까 하다가 자는 척하기로 했지.

방문을 연 엄마는 이불을 홱 젖히며 말씀하셨어.

"이제 일어나서 밥 먹고 안과에 가야지."

엄마 성화에 못 이겨 나는 그제야 잠이 깬 척 눈을 비비며 어기적어기적 거실로 나갔어.

아빠는 여느 주말처럼 침대에 누워 핸드폰을 보고 계셨고, 식탁에는 빵과 달걀프라이, 우유가 얌전히 나를 기다리고 있었어.

빵에 달걀을 올리면서, 밥 먹는 것보다는 다행이다 싶은 생각이 들더라.

아침은 뭐든 힘든 시간이잖아.

뭐를 해도 나른하단 말이야.

나는 대충 아침을 먹고 엄마와 안과로 향했어.

주말 오전이라 그런지 안과에는 사람이 별로 없었어.

"처음 오셨어요? 그럼 여기에 이름이랑 생년월일 작성해 주세요."

엄마는 작은 종이에 내 이름과 생일을 적어서 냈어.

"순서가 되면 이름 불러 드릴게요. 잠깐만 기다려 주세요."

간호사 누나는 쳐다도 보지 않고 기계적으로 말하더라.

아마 토요일이어서 그렇겠지.

토요일에 일하고 싶은 사람은 없을 테니까.

엄마와 나는 의자에 앉아서 약속이라도 한 듯 동시에 핸드폰을 꺼내 들었지.

잠깐 고개를 들어 주변을 둘러보니 대기하고 있는 사람들은 모두 핸드폰을 보고 있었어.

핸드폰을 보지 않는 사람이 오히려 이상해 보일 정도였으니까 말야.

게임을 두 판째 하고 있을 때 간호사 누나가 내 이름을 불렀어.

"여민기 환자분."

"네."

엄마가 나 대신 대답하고 내 손을 잡아끌었어.

진료실로 들어가니 안경을 쓴 의사 선생님이 앉아 계셨어.

선생님은 뭘 하다가 눈이 나빠졌을까 잠깐 생각했지.

"어디가 불편해서 왔나요?"

"어……."

"애가 핸드폰을 많이 하더니 눈이 나빠진 것 같더라고요."

엄마가 내 말을 가로채 의사 선생님께 일러바치듯 이야기했어.

"여기에 턱을 대고, 눈을 크게 뜨고 렌즈를 보고 있어야 한다. 알았지?"

"네."

의사 선생님은 기계로 내 눈을 보고 난 다음, 시력을 측정했어.

"이거 보이니?"

난 고개를 가로저었어.

시력 검사판의 위쪽으로 점점 올라갈수록 모양이 커지니까 조금씩 보이기 시작했지.

시력 측정이 끝나고 나서 의사 선생님이 말씀하셨어.

"민기가 시력이 나빠졌구나. 안경 써야겠는걸."

그 말이 끝나기도 전에 엄마가 한마디 거들며 눈을 흘겼지.

"으이구, 주말만 되면 핸드폰만 붙잡고 있더니 기어이……."

엄마 손에 이끌려 나온 나는 바로 병원 1층에 있는 안경점으로 향했어.

가게 앞에는 커다란 현수막이 걸려 있었는데, 현수막 밖으로 새어 나오는 간판 불빛을 보고 원래 가게 이름이 〈뉴월드〉 안경점이라는 걸 알 수 있었지.

현수막에는 검은색 바탕에 하얀색 글씨로 이렇게 씌어 있었어.

폐업 전 세상을 새롭게 볼 수 있는 마지막 기회

'그러고 보니 가게 이름이 뉴월드였지? 안경을 쓰면 새로운 세상이 보인다는 건가?'

조그만 안경 하나로 세상을 다르게 볼 수 있다는 광고 문구가 너무 과장되어 보이기도 했지만 내 호기심도 자극했나 봐.

"곧 폐업할 가게라 찜찜하네. 다른 안경점 가 볼까?"

현수막을 보더니 미심쩍은 표정을 짓던 엄마의 말을 뒤로하고 나는 냉큼 안경점으로 들어갔어.

우리 반 교실 크기 정도 되는 안경점에는 유리로 된 상자 안에 수많은 안경이 가지런히 정리돼 있었어.

가게 밖에 걸려 있는 검은 현수막이 유리를 다 가려서 가게 안은 조금 어두침침했는데, 나에게는 그게 더 편했어. 아주 밝은 것보다는 훨씬 낫더라고.

그런데 현수막 때문에 밖에서는 보이지 않았던 것들이 보이기 시작하더라.

예전에는 제법 큰 안경점이었을 것 같았어.

진열장도 여러 개 있었고, 벽 쪽 유리 진열장에는 뭔가 촌스러워 보이는 선글라스도 몇 개 놓여 있었지.

그리고 가게 가운데에는 손으로 쓴 것처럼 이런 팻말이 덩그러니 달려 있었지.

마음에 맞는 값으로 안경을 맞추세요.

처음엔 난 이 말이 이상하다고 생각했어.

왜냐하면 보통 폐업을 하는 가게에는 거의 비슷한 문구들이 쓰여 있잖아.

원가 세일! 파격가!

우리 사장님이 미쳤어요.

이런 말이 유리창이고, 벽이고, 심지어 가게 문 앞 바닥까지 도배되어 있으니까.

마치 거기가 세상에서 가장 싼 곳이고, 그곳에서 사지 않으면 손해 본다는 것처럼 말이야.

그런데 마음에 맞는 값이라니! 좀 엉뚱하다는 생각이 들었어.

싸다는 뜻도 아니고 마음에 드는 값도 아니라 마음에 맞는 값이라니.

안경점 주인이 되게 특이한 사람 같다는 생각이 들더라.

"어서 오세요."

흰 머리가 검은 머리보다 더 많아 보이는 아저씨가 우리를 보고 일어서서 웃으며 인사했어.

"안녕하세요."

내 생각과는 다르게 주인아저씨가 온화한 미소로 맞아 줘서 딱딱했던 내 마음이 말랑해졌나 봐.

평소에도 잘 하지 않던 인사를 해 버렸지 뭐야.

"폐업을 앞두고 있어서 그런지 안경테 종류가 많지 않네요."

엄마는 퉁명스럽게 말을 던지고는, 엄마 말을 안 듣고 이 가게로 들어온 내가 못마땅한지 살짝 째려봤어.

"안경테도 중요하지만 중요한 것은 렌즈지요. 안경테가 다른 사람에게 보여 주기 위한 것이라면, 안경 렌즈는 내가 다른 사람을 선명하게 보기 위해서 꼭 필요한 거니까요. 제가 어떻게 보이실지 모르겠지만 저는 그 사람에게 꼭 맞는 안경 렌즈를 만들어 낼 수 있답니다."

무슨 말인지는 잘 이해하지 못했지만 주인아저씨의 눈빛은 따뜻했고, 얼굴 표정에서도 부드럽지만 당당한 뭔가가 느껴지는 것 같았어.

그래서 나도 모르게 엄마와 주인아저씨 사이에 끼어들며 말했지.

"그럼, 뭐부터 하면 돼요?"

"네, 먼저 이쪽으로 와서 이 기계에 가슴을 붙이고 눈을 크게 뜨고 렌즈를 보면 됩니다."

"안경을 만드는데 가슴을 왜……."

"네."

나는 엄마의 말을 잘라 대답하며 아저씨가 가리키는 기계 앞에 앉았어.

그 기계는 아까 안과에서 봤던 것과 비슷했지만 엑스레이를 찍는 기계처럼 가슴을 대는 부분이 꽤 넓고 평평했지.

"학생, 이름이 뭐지?"

"민기예요. 여민기."

"자, 민기야, 숨을 천천히 내쉬면서 눈을 크게 뜨고 렌즈를 보렴."

이상하게도 아저씨의 말은 꼭 들어야 할 것 같은 느낌이었어. 아니, 정확히 말하면 아저씨의 말이라면 들어주고 싶은 기분이었지.

어쨌든 아저씨의 말대로 깊게 숨을 들이마시고는 천천히 숨을 내쉬면서 렌즈를 봤어.

그때, 이상한 일이 일어났어.

처음에는 어두컴컴했던 렌즈 안의 세상이 흐릿해지더니 조금씩 선명해지는 거야.

등을 돌리고 서 있는 사람들의 모습이 보였어.

그 사람들 모두 핸드폰을 보고 있었지.

조금 더 선명해지니 사람들의 얼굴이 보이더라.

그런데 나는 곧 깜짝 놀랐어. 너무 놀라니 저절로 입이 벌어지더라고.

그 사람들은 얼굴만 있고 눈, 코, 입은 없는 거야.

다들 손가락만 빠르게 움직이고 있었지.

누구인지, 무엇을 하는지, 어떤 마음인지조차 찾아볼 수 없었어.

거울처럼 맨들맨들한 얼굴엔 핸드폰 화면이 반사되어 꼭 로봇같이 보이기도 했어.

나는 순간 놀라 뒤로 물러섰어.

엄마를 보니 엄마는 그사이에도 핸드폰을 보며 일을 하느라 내 쪽으로는 눈도 돌리지 않았어.

보험 설계사 일을 시작하고부터 엄마는 핸드폰을 끼고 살고 있었거든.

나는 놀라서 눈을 동그랗게 뜨고 아저씨를 보았지.

"조금 놀랐지? 민기에게 어떤 렌즈가 필요한지 알겠구나."

"지금 제가 본 게 뭐예요?"

"마음 깊은 곳에서 민기에게 전하고 싶은 말이라고 하면 이해할 수 있으려나?"

"무슨 말인지 잘……."

"우리 감정은 아무 이유 없이 우울해지거나 갑자기 기분이 좋아지거나 하지는 않는단다. 예를 들면 마음속에서 어떤 일이 생각나거나 고민이 떠나지 않을 때 우울해지지. 그런데 마음속 아주 깊은 곳에서 일어나는 일이어서 정확히 알지 못한 채 우리는 그저 갑자기 기분이 안 좋아진다고 느끼는 거야."

나는 아저씨의 말을 아주 조금은 이해할 수 있을 것 같았지만 아직 헷갈렸어.

왜 나에게 그런 장면이 보였을까?

내 마음을 읽으셨는지 아저씨가 말씀을 이어 갔어.

"지금 민기가 잘 알지 못하는 마음속 깊은 곳에서는 아까 봤던 그 장면처럼 사람들의 얼굴이 없는 거야. 사람들 얼굴이 보고 싶지 않았니?"

"네, 맞아요. 얼굴이 보고 싶었어요."

"그래, 민기에게 맞는 렌즈를 만들어 줄게. 정확히 말하면 네 마음에 맞는 안경 렌즈를 말이야."

아저씨는 웃으며 말하곤 나를 데리고 가서 안과에서 했던 시력 측정을 또 했지.

그다음에 두꺼운 안경을 끼고 렌즈를 이것저것 바꿔 가며 잘 보이냐고 물어봤어.

나는 아직 놀란 마음이 진정되지 않아서 그냥 고개만 끄덕였어.

"이제 렌즈를 만들 준비는 다 됐습니다. 아드님과 마음에 드
는 안경테를 골라 보세요."

엄마와 나는 안경테가 진열되어 있는 유리장을 둘러봤어.

그중에서 내 눈에 띄는 안경이 하나 있었는데, 동그랗고 까
만 색깔의 두꺼운 뿔테가 눈을 잡아끌었어.

다른 안경들과 떨어져 덩그러니 놓여 있는 게 뭔가 나와 비
슷해 보여서 마음이 더 갔나 봐.

내가 그 안경을 보고 있으니 엄마가 물었어.

"이게 마음에 들어?"

"응."

"안경이 너무 못생기지 않았니? 먼지도 많이 묻어 있고, 잘
안 팔리는 안경 같은데……."

"난 이게 맘에 들어. 이걸로 할래."

엄마는 영 마음에 들지 않는지 떨떠름한 표정을 지으며 아저
씨를 불러 그 안경테를 가리켰어.

"그럼 잠깐만 기다려 주세요. 금방 렌즈를 만들어 끼워 드릴
게요."

"네."

엄마는 짧게 대답하고 의자에 앉아 다시 핸드폰을 보기 시작

했고, 나도 핸드폰을 꺼내 게임을 했어.

엄마랑 어색하게 얘기하는 것보다 훨씬 좋았지.

잠시 뒤, 아저씨가 안경을 닦으며 나에게 다가왔어.

"자, 다 됐습니다. 한번 써 보렴. 이제 세상이 다르게 보일 거야."

안경을 받아 쓰는 순간, 나는 나도 모르게 '와!' 하고 환호성을 질러 버렸지.

모든 것이 안경을 쓰기 전보다 훨씬 선명하고 또렷하게 보였는데, 그게 너무 신기하지 뭐야.

그런데 그때, 내가 안경을 쓴 모습을 못마땅한 표정으로 보는 엄마와 나 사이에 희미한 선이 보였어.

뭐 크게 신경 쓰일 정도는 아니었지만.

"얼마죠?"

엄마가 물었어.

"20만 원입니다."

"너무 비싼 것 같은데요."

"세상을 새롭게 볼 수 있는 것에 비하면 싼 거예요."

엄마는 아저씨의 말에 뭔가 더 말을 하려다 멈추고 계산을

했어.

"혹시 불편하거나 도움이 필요하면 다시 오렴."

"네."

아저씨의 말에 나는 짧게 대답하고 엄마와 함께 밖으로 나섰어.

"쯧쯧, 저렇게 안경값을 비싸게 받으니까 손님이 없지. 다른 안경점을 갈 걸 그랬나 보다."

엄마는 집으로 가는 동안 안경점에 대해서 투덜거렸지.

난 아무 대꾸도 하지 않고 아까 안경점 아저씨의 말을 떠올려 보았어.

'내 마음에 맞는 안경이라고?'

타자에게 집중하는 순간

하얀 선이 또 보였어.

그 선은 그 타자를 응원하는 관중들 한 명씩과 연결된 것처럼

어마어마하게 많아 보였지.

: 3 :

나에게만 보이는 이상한 선

"여~ 민기, 안경 쓰니 범생이가 따로 없는데?"

집에 돌아온 나를 보더니 소파에 누워 프로야구를 보고 계시던 아빠가 농담을 던졌어.

하지만 전혀 웃기지 않았어.

나도 야구를 좋아해. 아빠를 따라 야구장에도 가 봤지.

좋아하는 팀도 있어. 아빠의 고향인 부산에 야구장이 있는 팀이야.

나도 자연스레 아빠가 좋아하는 팀을 따라 좋아하게 된 거지.

작년까진 아빠랑 캐치볼도 자주 하러 나갔었는데, 요즘은 통 안 해.

아빠가 회사일이 바쁜지 늦게 들어오기도 했지만, 귀찮아졌나 봐.

맨날 집에 오면 소파로 직행해서 누워 버리니 어떡하겠어.

캐치볼 하자고 아빠를 몇 번 졸라 봤지만 소용없었지.

지금은 아예 포기했어. 캐치볼은 어렸을 때나 하는 거지 뭐.

무좀 걸린 아빠 발을 엉덩이로 슬그머니 옆으로 밀고 앉아서 나도 야구를 봤어.

우리 팀은 5회까진 3대 0으로 지고 있었는데, 7회와 8회에 한 점씩 점수를 얻어서 3대 2까지 따라갔어.

이제 9회 말, 우리 팀 공격이야.

이번 공격을 잘하면 우리 팀이 이길 수도 있어.

첫 번째 타자가 좌익수 앞에 안타를 치고 나갔어.

나는 점점 가슴이 뛰기 시작했지.

아쉽게도 두 번째 타자는 우익수 앞 뜬볼로 아웃이 됐어.

그런데 세 번째 타자가 중견수 앞 안타를 친 거야.

1루에 있던 주자는 2루를 돌아 3루까지 들어갔지.

이제 안타 한 개면 동점, 홈런이면 역전이야.

드디어 네 번째 타자가 등장했어. 리그 최고의 홈런왕이야.

"제발……."

나는 두 손을 기도하듯 모으고 빌었어.

그런데 그 순간 희미하게 타자에게서 하얀 실 같은 선이 보이는 거야.

'어, 내가 잘못 본 건가?'

나는 안경을 벗어 보았지.

그런데 흐릿하게 타자가 보이긴 했지만 아까 보였던 선은 보이지 않았어.

'왜 이러지?'

눈을 비비고 다시 안경을 썼어.

그런데 타자에게 집중하는 순간 하얀 선이 또 보였어.

그 선은 그 타자를 응원하는 관중들 한 명씩과 연결된 것처럼 어마어마하게 많아 보였지.

심지어 선은 점차 선명해지더니 조금씩 떨리고 있었어.

어쩌면 타자가 떨고 있는 게 그를 응원하는 사람들에게 전해지듯이 말이야.

예전에 과학 시간에 배운 소리의 전달 방법이 문득 머릿속을 스치고 지나갔어.

종이컵 바닥에 구멍을 뚫어 실을 넣고 테이프로 붙인 다음, 다른 종이컵에도 같은 방법으로 실을 연결해 팽팽하게 당기면 소리가 전달되던 실험 말이야.

그것처럼 타자의 떨림이 관중들에게도 소리처럼 전달되고 있는 것 같았어.

몇 번이나 안경을 벗고 다시 써 봤지만, 이 안경을 쓸 때만 보이는 거야.

또, 선을 손으로 만져 보려고 손을 이리저리 휘저어도 만져지진 않더라고.

"야, 여민기, 너 왜 안경을 벗었다 썼다 그러냐? 손은 왜 그러고 있고? 지금 중요한 순간이니까 비켜 봐!"

아빠가 텔레비전 앞에서 내가 그러고 있는 게 이상했는지 한

마디 하셨지.

그 순간 상대 팀 투수가 힘차게 공을 던졌어.

'딱!'

우리 팀 타자가 힘껏 휘두른 배트에 야구공이 정확하게 맞는 소리가 경쾌하게 들렸지.

나는 직감적으로 홈런이라는 걸 알았어.

"공이 담장 밖으로, 이 경기의 끝을 향해 넘어갑니다!"

해설자도 흥분해서 소리를 질렀지.

타자가 힘차게 휘두른 배트에 맞은 공은 쭈욱 뻗어 나가더니 담장을 넘어가 버렸고, 타자는 손을 번쩍 들고 베이스를 돌아 홈을 밟았지.

관중과 홈 주변에 모인 모든 선수들이 방방 뛰며 좋아했어.

꼭 줄이 연결된 인형들이 다 같이 움직이는 것처럼 보였어.

나는 야구가 끝나고 나서도 한동안 멍하니 있었어.

'도대체 이게 무슨 일이지?'

'혹시 안경 때문인가? 그렇다면 아까 그 안경점 아저씨가 말한 나에게 맞는 안경이…… 선이 보이는 안경?'

'엄마한테 말해 볼까?'

'아냐, 엄마는 핸드폰 게임을 많이 해서 이제 별 이상한 게

다 보인다고 병원에 가 보자고 할 거야.'

'그런데 선이 도대체 왜 보이는 걸까?'

별의별 생각들이 꼬리를 물고 계속 늘어났어.

나는 안경을 형광등 불빛에 비춰 보았지.

렌즈에는 아무것도 묻어 있지 않았어.

렌즈를 천으로 닦고 다시 안경을 써 봤지만, 아무것도 달라지지 않았지.

다시 주변을 둘러보았는데, TV는 이제 꺼져 있었고 엄마와 아빠는 소파에 누워 핸드폰을 보고 있었어. 그리고 엄마와 아빠에게선 아무 선도 보이지 않는 거야.

난 그제야 조금 안심이 됐지.

갑자기 선이 보이는 바람에 깜짝 놀라서 긴장했었는지 온몸에 힘이 쫙 빠졌어.

침대로 가서 털썩 누워 버렸지.

누운 지 5분쯤 지나니까 오늘 안경점에서 있었던 일이 다시 떠올랐어.

눈과 코와 입이 없는 사람들의 얼굴이 다시 생각난 거야.

'왜 그런 게 보였을까?'

'혹시 그 기계 안에 있던 사진 같은 게 아닐까?'

'아저씨가 장난친 거 아냐?'

그런데 그 아저씨는 장난을 치는 표정은 아니었거든.

나는 아저씨가 했던 말도 다시 떠올려 봤어.

'지금 민기 네가 잘 알지 못하는 마음속 깊은 곳에서는 아까 봤던 그 장면처럼 사람들의 얼굴이 없는 거야. 사람들 얼굴이 보고 싶지 않니?'

사실 요즘 사람들 얼굴을 잘 못 보긴 했어.

학교에서 수업 시간에는 선생님만 봤지.

쉬는 시간에 숙제하느라 친구들과도 말 한 번 섞지 않았고, 집에 와도 핸드폰만 하는 엄마와 아빠의 얼굴은 제대로 보지도 못하지.

우리 가족은 서로 마주 보며 밥 먹은 지도 꽤 된 것 같아.

가끔은 아빠 얼굴이 기억이 안 날 때도 있다니까.

만약 내 마음이 그 말도 안 되는 기계에 보인다고 쳐.

그렇다면 내 마음속에서는 왜 그런 상상을 하고 있던 걸까?

엄마 말대로 요즘 핸드폰을 많이 해서 그런가?

하긴 다들 핸드폰을 달고 살잖아.

엄마 아빠도 집에 오면 핸드폰만 붙들고 사는데 뭐.

나만 그런 것도 아니잖아.

그래서 그런 게 보였을 수도 있지.

하지만 이내 나는 고개를 가로저었어.

에이, 말도 안 돼. 그런 말도 안 되는 기계가 세상에 있을 리가 없잖아.

안 그래?

엄마 말이 맞는지도 몰라. 말도 안 되는 소리를 하면서 그렇게 안경값을 비싸게 받으니 손님이 없어서 폐업할 수밖에 없지.

마음에 맞는 안경이라고 사람을 혼란스럽게 만드는 안경점이니, 나도 다음에는 안 갈 것 같아.

너무 많은 생각을 하다 보니 머리가 지끈거렸어.

나는 휙 돌아누워 핸드폰을 잡았지.

"에라 모르겠다. 게임이나 하자."

생각이 복잡해질 땐 게임 하는 게 최고야.

게임을 하고 있을 땐 잡생각이 안 나거든.

이 안경을 쓰면 세상이 새롭게 보인다고요?

서로 말은 안 하지만
정희와 나는 서로에게 의지하고 있는지도 몰라.
나만 외톨이가 아니어서 다행이라는,
그래서 서로에게 안심을 주는 그런 친구 말이야.

:4:

비밀친구 놀이와 정희

"여민기! 빨리 안 일어날래?"

엄마의 고함소리에 나는 부시시 일어났어.

"으음, 지금 몇 시야?"

"8시야, 엄마도 늦었어. 빨리 씻고 나와. 밥 차려 놨어."

난 말없이 식탁에 앉았어.

"엄마 먼저 나가니까 양치하고 학교 가라, 알았지?"

엄마는 가방을 둘러 메고 후다닥 나가 버렸어.

밥을 한 숟갈 떠서 입에 넣었지만, 도저히 삼켜지지가 않아서 밥그릇을 식탁에 그대로 두고 화장실로 갔어.

양치질을 하고 현관문을 나서는데 신발장 앞에 안경이 놓여 있었어.

"아 참, 안경이 있었지."

안경을 쓰고 집을 나섰어.

교실에 들어서자 우리 반 문제아 현우가 나를 보더니 말했어.

"여어~ 민기, 안경 꼈네. 이제야 말없는 범생이 같은데?"

그 소리에 반에 있던 아이들의 눈이 나를 향했지.

난 창피해서 고개를 숙이고 자리에 들어가 앉았어.

현우는 항상 말을 저런 식으로 해.

듣고 나서 생각해 보니 점점 기분이 나빠지더라고.

수상한 안경점

'흥, 저러니 친구가 없지.'

오늘 쉬는 시간에도 여전히 난 혼자 자리에 앉아 있었어.

요즘엔 집에서 몰폰을 하느라 숙제를 못 했어.

쉬는 시간에 밀린 학원 숙제를 하다 보니, 같이 놀던 친구들도 점점 나를 찾지 않더라고.

오늘은 할 숙제가 없었지만, 마땅히 할 것도 없어서 그냥 자리에 앉아 있었어.

그런데 그때, 또 이상한 게 보이지 뭐야.

주말에 야구 경기를 보면서 타자와 관중들 사이에 보였던 선, 바로 그 선이 우리 반 아이들한테서도 보이는 거야.

바로 우리 반 마녀 삼총사에게서 말이지.

우리 반 마녀 삼총사인 지민, 홍주, 미희는 항상 붙어 다녀.

등교할 때는 물론이고 쉬는 시간에도 자석처럼 찰싹 붙어 다니는데, 하루는 옆 반의 말썽꾸러기 철민이가 지민이를 놀리고 도망간 적이 있었어.

그때 홍주랑 미희가 뒤쫓아가 철민이를 둘러싸고 결국 사과를 받아 냈지.

그 이후로 아이들이 그 세 명을 '마녀 삼총사'라고 부르게 된 거야.

오늘은 삼총사가 공기놀이를 하고 있더라고.

뭐가 그리도 재미있는지 까르르 웃고, 공기놀이를 하면서 한참 수다를 떨기도 했어.

그런데 그 아이들의 가슴 한가운데에서 희미한 선이 보이는 것 같더니, 그 선이 점점 더 뚜렷해졌어.

그 선은 아주아주 두꺼웠는데, 거미줄처럼 서로를 연결하고 있었어.

꼭 그 선이 서로를 떨어지지 못하게 붙잡고 있는 것도 같았지.

"너네 공기놀이 해? 재밌겠다!"

공기놀이가 재미있어 보였는지 같은 반 아이인 정희가 삼총사 주변으로 다가갔어.

그때, 나는 정희의 가슴 한가운데에서 하얀 선이 나오는 것을 분명 본 것 같았어.

그런데 이상하게 정희에게서 나온 하얀 선은 공기놀이를 하는 삼총사 중 아무에게도 닿지 못하고 희미해지더니 스르르 사라져 버리는 거야.

삼총사 셋은 두껍고 하얀 밧줄이 칭칭 감고 있는 것 같았지만, 그애들 중 아무도 정희에게는 신경을 쓰지 않았어.

그 줄은 꼭 보호막처럼 보이기도 했어.

마치 자기들 사이에 어떤 누구도 들어올 수 없게 만든 보호

막 말이야.

그 선이 사라진 뒤에 정희는 책상에 앉아서 그림을 그리고 있는 친구에게로 갔어.

그 친구도 그림을 그리느라 정희에게는 큰 관심을 보이지 않는 눈치였어.

정희에게서 나온 선이 그 친구 주변을 맴돌았지만 아무런 선과도 만나지 못하고 금세 사라져 버렸지.

친구들이 정희를 싫어하지는 않았지만, 그렇다고 해서 정희랑 특별히 가까이 지내는 친구는 없었어.

왜냐하면 정희는 이제 새로운 친구를 사귀려고 하고 있거든.

그게 무슨 말이냐고?

사실 정희는 3학년 때도 나와 같은 반이었는데, 그때는 친구가 딱 한 명이었어.

쉬는 시간에는 그 친구랑만 놀았고, 학교에 오거나 집에 갈 때도 그 친구랑 계속 함께 다녔는데, 다른 친구와는 거의 대화를 하지 않았어.

가끔 다른 친구와 어울릴 때도 있었지만, 학교에서 보내는 대부분의 시간은 둘이서만 보냈지.

내가 기억하는 정희와 관련된 사건이 있어.

그날은 우리 반에서 '친구 사랑의 날'이라는 행사를 하는 날이었어.

우리 반은 비밀친구 활동을 하기로 학급 회의를 통해서 결정했거든.

선생님이 나눠 주신 종이에 자기 이름을 쓰고, 다시 걷어서 선생님이 종이를 섞은 다음 한 명씩 나와서 뽑아서 나온 사람이 비밀친구가 되는 거야.

그리고 그때부터 자기가 뽑은 비밀친구를 몰래 도와주거나, 간식이나 선물을 주는 등의 착한 일을 하는 거야.

선생님은 자리에 앉아 있는 아이들 사이를 쭉 돌며 친구들 이름을 적은 종이를 하나씩 뽑게 했지.

그런데 그때였어. 정희가 종이를 뽑고 펼쳐 보더니 대성통곡을 하는 거야.

"엉엉, 선생님! 저는 지우랑 하고 싶어요."

"정희야, 이건 규칙이야. 비밀친구 활동은 우리가 선택하는 게 아니라 뽑은 사람에게 하는 거잖니?"

당황한 선생님이 정희를 설득하려 하셨지만 소용없었어.

"선생님, 저는 지우가 아니면 하고 싶지 않아요. 저 지우랑 비밀친구 하게 해 주세요? 네? 네?"

선생님 설득이 전혀 먹히지 않았지.

수상한 안경점

정희 때문에 '친구 사랑의 날' 행사는 더 이상 진행되지 않았어.

겨우 한 명 때문에 말이야.

당연히 교실 여기저기서 웅성거리는 소리가 들리기 시작했지.

"헐, 정희 쟤 왜 저래?"

"그러게 말야. 비밀친구 활동이 뭔지도 모르나 봐."

"아니, 모르긴 뭘 몰라? 누군 좋아하는 친구랑 하고 싶지 않은가? 치, 얄미워!"

"아, 조용, 조용. 자, 그럼 지우는 정희랑 비밀친구가 되는 건 괜찮니?"

"네⋯⋯."

지우는 고개를 숙이고 힘없이 대답했어.

결국 선생님이 정희와 지우를 비밀친구로 연결해 주시고 소동은 끝났지만, 그 덕에 비밀친구가 아니라 '아는 친구'가 되어 버렸지 뭐야.

그런데 정희는 4학년 때는 그 단짝 친구 지우와 같은 반이 되지 못했어.

정희가 그 이후에 어떻게 지냈는지는 잘 모르겠지만, 그러다가 얼마 전에 지우가 전학을 갔나 봐.

친구가 쉬는 시간에 정희가 엎드려 울고 있는 걸 발견하고 선생님께 물어보니, 단짝 친구가 전학 가게 돼서 울었다는 얘기를 하는 걸 들었거든.

아무튼 솔직히 나는 정희가 있어서 다행이야.

왜냐고? 나랑 비슷하잖아!

수업 시간에도 쉬는 시간에도 나처럼 자리에 혼자 앉아 있는 모습을 보니까 괜히 안심이 되는 것 같기도 하더라고.

생각해 봐.

나 혼자만 그러면 아마 귀찮은 일도 많았을걸.

선생님은 날마다 나를 불러 무슨 일이라도 있는지 상담하려고 하실 거고, 분명히 애들은 뒤에서 내가 '아싸'라고 소곤댈 거야.

서로 말은 안 하지만 정희와 나는 서로에게 의지하고 있는지도 몰라.

나만 외톨이가 아니어서 다행이라는, 그래서 서로에게 안심을 주는 그런 친구 말이야.

그런데 그런 정희가 오늘 보니 조금 달라졌어.

새로운 친구를 찾고 있는 눈치야.

쉬는 시간에 보면 놀고 있는 친구들 무리 주변을 맴돌고 있더라고.

가장 친하던 친구가 전학 가서 같이 놀 친구가 없으니 심심하긴 한가 봐.

하지만 우리 반 친구들은 이미 진한 사이가 다 정해져 있어.

학기 초부터 자주 어울리던 친구들끼리 조금씩 무리를 짓더니, 어느 순간 그 무리에 다른 사람이 끼어드는 걸 싫어하더라고.

그러니 정희가 다른 친구들 사이에 들어가는 건 아마도 쉽지 않을 거야.

"딩동, 딩동."

쉬는 시간이 끝나고 수업 시작을 알리는 종이 울렸어.

"자, 이제 자리에 앉아서 수업 준비하세요."

선생님의 말에 삼총사는 더 함께 놀지 못하는 것을 아쉬워하며 자기 자리로 돌아갔지.

정희는 쉬는 시간 내내 친구들에게 하얀 선을 보냈는데, 그 하얀 선이 어떤 친구에게도 닿지 못하는 걸 보니까 이런 생각이 들었어.

'아무리 선을 보내도 상대방이 그 선을 받아 주지 않으면 그냥 사라져 버리는구나.'

정희의 선은 끊임없이 움직이며 친구들 사이를 맴돌았지만, 정희의 선을 받아 주는 친구는 아무도 없었어.

하지만 정희는 나와는 다른 것 같아.

나는 친구에게 선을 보내려고도 하지 않는데, 정희는 친구들에게 계속 선을 보내고 있으니까 말야.

언젠가는 정희의 선을 받아 주는 친구가 생기지 않을까?

그렇게 생각하니 정희가 나보다 더 용기가 있는 것 같아서 괜히 샘이 나는 기분이었어.

'쳇, 이러다 정희가 나보다 먼저 아싸에서 탈출하는 거 아냐?'

그런데 한편으로는 정희를 응원하는 마음도 생겼어.

정희가 새로운 친구들을 사귀면 좋겠다고 말이야.

이 수상한 안경이 아니었다면 몰랐을 거야.

누구도 자기와 어울리는 사람이 아니면 관심도 없거든.

정희의 선을 관찰하다 보니 평소에 관심도 없던 정희에게 샘도 나고, 또 은근히 응원도 하게 되는 게 좀 신기하더라고.

안경점에서 봤던 내 마음 속 얼굴 없는 사람들의 얼굴이
보인다는 게 이런 걸까?

혹시 이 안경이 요술 안경?
요술 안경이라고 생각하니
기분 좋은 상상이 마구 솟아났어.

: 5 :

혹시, 안경에 다른 능력이?

선이 보이는 안경을 쓰고 나서는 나에게 한 가지 습관이 생겼어.

그건 어느새 내 주변 사람들을 관찰하게 되었다는 거야.

물론 나는 아직도 안경을 쓰기만 하면 보이는 이 선 때문에 고민이 더 많아졌지만 말야.

'나에게 왜 이런 일이 일어난 걸까?'

'이 안경을 쓰고 나서부터 선이 보이기 시작했어. 혹시 이 안경이 요술 안경?'

요술 안경이라고 생각하니 기분 좋은 상상이 마구 솟아났어.

'진짜 이게 요술 안경이면, 아빠가 매주 사 오시는 복권의 당첨 숫자가 보이면 얼마나 좋을까? 아빠를 따라가서 숫자를 입력할 때 그 주에 당첨될 숫자를 내가 가르쳐 주면 엄청난 부자가 될 수 있을 텐데……'

'아니면 문제를 풀 때 답이 다 보이는 안경이면 얼마나 좋을까? 시험도 다 100점 맞을 수 있잖아. 히힛.'

상상만 해도 웃음이 나왔어.

그렇게 상상이 꼬리를 물고 이어지다 보니, 혹시 이 안경에 사람들 사이에 선이 보이는 능력 말고 다른 능력은 진짜 없을까 궁금해지더라고.

먼저 혹시 복권에 당첨되는 숫자가 보이진 않을지 확인하고 싶었어.

마침 오늘은 아빠가 복권을 사러 가는 날이야.

아빠는 매주 수요일에 집 앞 편의점에서 복권을 사시거든.

나는 아빠가 집에 오자마자 아빠에게 가서 물어봤지.

"아빠, 복권 샀어?"

"아니. 이따가 밥 먹고 사러 갈 건데, 왜?"

"복권 사러 갈 때 나도 같이 갈래."

"평소에는 아빠가 와도 거들떠보지도 않더니, 갑자기 웬일이야? 뭐 사다 줘?"

"아니, 그냥 과자가 먹고 싶어서 그래. 아빠랑 같이 가서 고를게."

나는 저녁을 먹고 나서 아빠를 따라나섰어.

어둑해진 길을 아빠와 너무 가깝지도 멀지도 않게 떨어져서 걸었는데, 가면서도 우리는 한마디도 하지 않았어.

언제부터인가 아빠랑 있으면 무슨 말을 해야 할지 모르겠더라.

그래서 그런지 둘만 있는 게 괜히 어색하고 불편하기도 하고.

안경을 쓰고 보니까, 아빠에게서도 나에게서도 희미하게 흰 선이 나왔지만, 서로에게 닿지 못하고 그냥 사라져 버리는 게 보이더라고.

편의점 문을 열고 들어서자 따뜻한 기운이 훅 불어 왔어.

편의점 점원은 아빠를 보자마자 뭘 사러 왔는지 알더라.

"이번엔 1등 하셔야죠."

"어제 꿈이 좀 좋았어. 이번엔 왠지 잘 될 것 같네. 하하하."

아빠는 복권 번호를 적는 곳으로 갔는데, 나도 과자를 고르는 척하다가 아빠가 있는 곳으로 슬그머니 가 봤지.

아빠는 복권 번호를 찍느라 내가 가까이 간 줄도 모르고 있었는데, 나는 뒤에서 머리를 빼꼼히 내밀고 복권 번호를 찍는 종이를 뚫어지게 봤지.

'보여라, 보여라. 당첨될 번호가 보여라.'

그런데 아무것도 보이지 않는 거야.

안경을 바짝 올려 봐도, 실눈을 뜨고 요리조리 고개를 돌려도 당첨될 번호 같은 건 보이지 않았지.

'에이 참, 부자가 될 안경은 아닌가 보네.'

"아, 깜짝이야. 과자는 다 골랐어? 근데 표정이 왜 그래?"

아빠는 등 뒤에 있던 나를 보고 놀라서 한마디 했어.

내가 기대했던 결과가 나오지 않았으니 당연히 아쉬운 표정이었겠지 뭐.

난 아무 과자나 골라서 아빠 뒤를 따라 편의점 문을 나섰어.

수상한 안경점

아빠는 복권이 당첨될 기대에 잔뜩 부풀었는지 휘파람을 불며 처벅처벅 걸음을 옮겼고, 나는 슬리퍼를 질질 끌며 집으로 향했지.

하지만 아직 기회가 남았어.

두 번째로 이 신기한 안경에게 기대한 것이 있었거든.

이건 사실 양심에 찔리는 것이긴 해.

내가 두 번째로 기대한 건 문제에 대한 답이 보이는 능력이었지.

'문제만 봐도 모든 풀이 방법이 딱 보인다면 얼마나 좋을까?'

'그럼 전교 1등은 당연하고, 가기 싫은 영어 학원도 안 가도 되겠지?'

점점 나도 아빠처럼 발걸음이 커졌어.

그러더니 어느새 아빠와 발소리도 비슷해져 갔지.

문을 열고 집에 들어가자마자 나는 내 방으로 들어갔어.

그러고 보니 오늘은 이 안경으로 사람들 사이에 연결된 선을 보느라 공부를 못했지 뭐야.

책상에는 영어 문제집이 놓여 있었어.

매일 날 괴롭히는 지긋지긋한 영어 단어장도 옆에 있었지.

단어를 하루에 10개씩 외우고, 일주일에 한 번씩 쪽지 시험을 보는 데다, 틀린 단어는 다시 20번씩 쓰게 하는데 어떻게 영어가 좋아질 수 있겠냐고.

영어 학원에서 말고는 전혀 쓸 데도 없는 단어가 도대체 뭐가 그렇게 중요하다는 걸까?

실제로 엄마에게 그렇게 얘기해 봤더니, 엄마가 뭐라고 하셨는지 알아?

"지금 안 외워 놓으면 나중에 한꺼번에 외우기 얼마나 힘든 줄 아니? 그렇게 단어 외우기 힘들면, 집에서라도 이제부터 영어로 대화할까?"

엄마의 말에 완전 어이가 없었지.

엄마도 어차피 회사 갔다 오면 밥 먹고 소파에 누워서 핸드폰만 들여다보고 있는데, 대화는 무슨 대화야! 엄마가 하고 싶은 말만 하시겠지.

"Sit down!"

"Be quiet."

"Study hard."

뭐 이런 말만 나한테 하시겠지. 안 그래?

어쨌든 방으로 온 나는 지긋지긋한 영어 문제집을 집었어.

심장이 쿵쾅쿵쾅 뛰는 것 같았지.

침을 한 번 꼴깍 삼키고 문제집을 펼쳐 보았어.

영어 독해 문제가 잔뜩 들어 있는 페이지가 나왔지.

나는 눈에 힘을 주고 안경을 바짝 치켜올렸어.

하지만 아무것도 달라지는 게 없었지.

혹시나 해서 안경을 벗어서 입으로 호호 불어서 깨끗이 닦은 다음에 다시 써 봤지만, 완전 헛수고였어.

영어가 한글로 바뀌어 보이거나 답이 보이는 놀라운 기적은 일어나지 않았어.

결국 이 안경에는 영어 문제에 대한 답을 알려 주는 기능 같은 건 없는 거였지.

그런데 갑자기 이런 생각이 내 머릿속을 스치며 지나갔어.

'혹시 한글이 아니라 영어라서 인식을 못 하는 거 아냐?'

나는 다시 마음을 다잡았지.

너무 쉽게 포기할 수는 없으니까 말이야.

다시 생각해 보니 충분한 근거가 있었어.

이 안경은 한국에서 만들어졌으니까, 영어를 인식하지 못하는 거 아니겠어?

"그래, 아직 희망이 있어."

나는 이번엔 책상 안쪽 책꽂이에 꽂혀 있던 국어 문제집을 꺼냈어.

이제 마지막 기회인 것만 같아서 아까보다 더 가슴이 두근거리더라고.

난 국어 문제집을 들고 가운데 부분을 쫙 펼쳤어.

"엥? 이게 뭐야? 아무것도 안 보이잖아?"

옆에 있던 수학책도 꺼내 봤지.

영어 문제집과 국어책까지 확인해 봤지만, 달라지는 건 없었어.

"에이 씨, 아무것도 안 보이네."

결국 이 안경은 다른 능력은 하나도 없고, 다른 사람에게서 나오는 선을 볼 수 있는 능력만 있는 건가 봐.

갑자기 방문이 열리더니 엄마가 얼굴을 빼꼼히 내밀었어.

"공부하는구나. 엄만 또 말소리가 들려서 누구랑 전화하는 줄 알았지. 문제가 잘 안 풀려서 짜증 나?"

"아, 몰라. 빨리 나가."

노크도 없이 들어온 엄마에게 나는 괜한 짜증을 냈지.

엄마는 곧 입술을 삐죽거리며 살며시 문을 닫고 가셨어.

이런 별 도움도 안 되는 선이나 보는 안경은
도대체 왜 나에게 오게 됐을까?

자세히 보니 검은색 선 끝은 성게처럼 가시가 튀어나와 있었어.

조금 징그러웠지.

그 작은 가시들이 상대방에게 닿을 때마다 찌르는 것 같았어.

:6:

검은 선의 이유

오늘도 난 쉬는 시간에 학원 숙제를 마치고 친구들이 노는 것을 보고 있었어.

아마 '관찰'이라고 해야 더 정확하지 않을까?

그동안은 멍때리면서 있었지만, 안경을 쓴 이후에는 보는 게 그냥 보는 게 아니잖아?

이제는 관찰이 내 취미생활이 된 거지.

그래서 그런지 나도 좀 달라진 것 같아. 그냥 바라볼 때와는 마음가짐이 다르거든.

음, 뭐라고 설명해야 할까? 호기심?

친구들한테서 나오는 선의 색깔과 그것을 받아 주는 친구들, 외면하는 친구들을 볼 수 있게 되니까 뭔가 진지해졌다고나 할까? 훗.

암튼 그래.

안경을 쓰면 보이는 선 때문에, 뭔가 내가 대단해진 것 같은 기분이었어.

오늘도 친구들을 바라보고 있는데, 그때 유난히 튀는 아이가 보였어.

바로 현우였지.

현우는 우리 반에서 가장 말썽꾸러기야.

하루가 멀다 하고 친구와 다투고 싸워서, 선생님은 하루에도 몇 번씩 현우를 불러 나무라시곤 했지.

그런데 그동안은 무심결에 봐서 그런지, 현우가 왜 친구와 싸우는지 몰랐어.

그냥 쟤는 항상 저런 아이인가 보다 했지.

그런데 자세히 보니 현우는 싸우는 이유가 항상 비슷했어.

대충 다음과 같은 패턴이 보이더라고.

패턴이라니?

내가 이런 단어도 쓰다니, 정말 나 똑똑해졌나 봐.

〈현우가 싸우는 패턴〉

1. 쉬는 시간에 친구들 주변을 어슬렁거린다.

2. 친구들이 하는 게임이 재미있어 보이면 막무가내로 끼워 달라고 억지를 부린다.

3. 처음에는 친구들이 게임에 끼워 준다.

4. 그런데 먼저 게임을 시작했다면 그 게임이 끝날 때까지는 현우를 끼워 주지 않는다.

5. 그러면 게임을 빨리 끝내게 하려고 현우는 게임을 방해한다.

6. 그렇다 보니 점차 아이들이 현우를 피하고 모른 척한다.

7. 결국 싸움으로 번지는 경우가 많다.

현우 입장도 약간 이해는 돼.

왜 친구들이 자기를 잘 끼워 주지 않는지 모르니 짜증이 났겠지.

친구들은 친구들대로 짧은 쉬는 시간을 현우 때문에 빼앗긴다는 생각이 드니 어쩔 수 없이 현우를 피하게 될 수밖에 없었을 거고…….

오늘 싸움도 그렇게 시작되었지.

"야, 나도 같이 하자."

교실에 앉아 블록 쌓기 보드게임을 하는 친구들을 구경하던 현우가 재미있어 보였는지 말을 걸었어.

그런데 친구들의 표정이 시큰둥했지.

아이들은 서로 눈치만 보다가, 정민이가 말을 꺼냈어.

"그럼 게임 시작했으니까 이번 판 끝나고 같이 하자."

"그래, 이번 판 끝나고 나도 낀다."

그런데 게임이 끝나기도 전에 쉬는 시간 종이 쳤어.

"현우야, 아쉽지만 다음 시간에 같이 하자."

정민이가 말했어.

"에이, 할 수 없지."

현우도 아쉬운 듯 자리로 돌아갔어.

수상한 안경점

그런데 다음 쉬는 시간에도 현우가 화장실을 다녀오는 사이에 아이들은 게임을 시작했어.

"야, 이정민, 이번 쉬는 시간에는 나랑 같이 하기로 했잖아."

현우는 화가 나서 얼굴이 빨개졌어.

"난 현우 네가 안 보이길래 안 하는 줄 알았지."

"나 화장실 갔다 왔단 말이야."

"몰랐어. 그럼 이 판 끝나고 끼워 줄게. 조금만 기다려."

"에이 씨……. 그럼 빨리 끝내."

"알았어. 잠깐만 기다려."

하지만 나는 알 수 있었어.

정민이는 절대 현우를 끼워 주지 않을 거라는 걸 말야.

왜냐하면 정민이와 현우 사이에는 선이 보이지 않았거든.

현우의 선은 정민이를 향했지만 정민이의 선은 현우의 선과 만나지 않았어.

정민이는 보드게임을 같이 하는 다른 친구들하고만 선이 연결되어 있었지.

내 예상대로 다음 수업 시작 종이 칠 때까지 게임은 끝나지 않았어.

현우는 얼굴이 붉어지며 씩씩거렸어.

그러고는 자리로 돌아가는 정민이를 노려보다가 털썩 자리에 앉았지.

현우는 수업 시간에 아무것도 하지 않고 뭔가를 골똘히 생각하듯 고개만 숙이고 있었어.

그 수업 시간이 끝나고 나서 현우는 또 밖으로 나갔어.

아이들은 현우가 없는 틈을 타서 게임을 시작했지.

그런데 어디선가 현우가 나타나더니 블록을 툭 치고 지나갔어.

아이들이 간신히 쌓아 놓은 블록이 와르르 무너져 버렸어.

아이들은 놀라고 허탈해했고, 그중 가장 화가 났던 건 정민이었지.

정민이가 소리쳤어.

"야, 김현우! 너 일부러 그랬지?"

"아냐, 정말 실수야. 미안."

현우는 실실 웃음을 흘리며 손사래를 치더니 도망치듯 교실 밖으로 나갔지.

아이들은 한숨을 내쉬며 다시 블록을 쌓기 시작했어.

블록을 다 쌓고 게임을 다시 하려는데 다시 현우가 교실로 뛰어 들어왔어.

"야, 김현우, 거기 서. 잡히면 가만 안 둬!"

수상한 안경점

우리 반 마녀 삼총사가 뒤따라 들어오며 소리쳤어.

그런데 현우는 정확하게 가지런히 쌓여 있는 블록을 향해 뛰어들었어.

차르르~~

블록에 걸려 넘어지며 현우는 여자 삼총사에게 잡혔어.

삼총사는 현우를 둘러싸고 앉아 등짝 스매싱을 날렸지.

"야, 김현우!"

현우를 때리고 있는 삼총사 사이를 뚫고 정민이의 고함이 현우에게 향했어.

삼총사도 놀라서 때리던 걸 멈추고 정민이를 봤어.

"너 이 새끼, 일부러 그런 거 다 알아."

정민이가 현우에게 달려들었어.

둘은 서로 엉켜서 뒹굴었지.

"야, 너희들 교실에서 뭐 하는 거야?"

교실로 들어서며 그 광경을 목격하신 선생님의 고함에도 둘은 떨어질 줄 몰랐어.

간신히 선생님이 둘을 떼어 내고 현우를 보며 말했어.

"또 너냐?"

정민이와 현우는 아직도 화가 안 풀렸는지 서로를 보고 씩씩거렸어.

"두 사람은 이따가 수업 끝나고 쉬는 시간에 선생님이랑 얘기 좀 하자."

이렇게 얘기하고 선생님은 둘을 자리에 앉게 했어.

쉬는 시간이 되자 선생님은 정민이와 현우를 불렀지.

"너희들 무슨 일 때문에 싸운 거니?"

"저희끼리 블록 쌓기 놀이를 하고 있었는데 현우가 일부러 두 번이나 쓰러뜨렸어요."

정민이가 먼저 나서서 선생님께 얘기했어.

선생님은 그럴 줄 알았다는 듯이 끄덕이며 현우를 바라보고 말씀하셨어.

"현우는 왜 그런 거니?"

"……."

"말하고 싶지 않니?"

"쟤가 먼저 그랬어요."

현우가 손으로 정민이를 가리키며 말했어.

"정민이가 먼저 뭘 했는데?"

"저를 블록 놀이에 안 끼워 줬단 말이에요."

선생님이 정민이를 쳐다보았어.

정민이는 억울하다는 듯이 말했어.

"저희끼리 게임을 먼저 하고 있었어요. 그런데 현우가 같이 하자고 했어요. 그래서 다음 판에 같이 하자고 했는데 수업 시간 종이 친 거예요."

"다음 쉬는 시간에도 안 끼워 줬잖아!"

현우가 소리를 질렀어.

"네가 안 와서 안 하는 줄 알았단 말이야."

정민이는 손까지 가로저으며 말했어.

"거짓말하지 마. 일부러 나 안 끼워 주려고 내가 화장실 갔을 때 시작한 거 다 알아."

현우의 말에 선생님은 정민이를 바라봤지만 정민이는 억울한 표정만 지었어.

그때 나는 보았지.

선생님과 정민이 사이에 연결된 선을 말이야.

정민이는 공부도 잘하고 운동도 잘해서 친구들에게 인기가 많았고, 선생님들도 좋아하셨어.

맨날 친구랑 싸우고 괴롭히는 현우와 수업 시간에 발표도 잘하고 친구들과도 잘 어울리는 정민이 중에 고르라면 모두가 정민이를 선택할 거야.

선생님과 정민이 사이에 연결된 선은 어쩌면 당연한 거였어.

하지만 현우에게 향하는 선은 하나도 없었어.

현우의 선이 친구들 주변을 맴돌아도 친구들은 현우의 선을 잡아 주지 않더라.

결국 현우에게서 나온 선은 친구들 사이를 맴돌다 사라져 버렸지.

현우는 어디서부터 잘못된 걸까?

혼자 해결할 수 있을까?

그런 고민을 하는 나에게서 나온 선이 희미하게 현우를 향해 갔지만 현우는 전혀 내 선을 못 보고 있었어.

너무 희미해서 잘 보이지도 않았지.

이유는 알 수 없지만 난 현우의 마음을 알 수 있을 것 같았어. 분명히 현우가 억울한 상황이 맞았거든.

난 정민이가 자신의 주변에서 맴돌던 현우의 선을 잡지 않은 것을 보았으니까.

정민이는 현우를 게임에 끼워 줄 마음이 없었던 거야.

정민이는 아무도 그 사실을 모른다고 생각하겠지만, 나는 알고 있었지.

갑자기 정민이 녀석이 얄미워지더라니까.

'선생님한테 가서 이 사실을 말할까?'

'그럼 내가 그걸 어떻게 알았냐고 물어보시면 어떡하지?'

'내가 선을 본다는 것을 말할까?'

‘말도 안 돼. 날 이상한 사람으로 볼 거야.’

‘어차피 나랑 상관없는 일이니까 그냥 조용히 넘어가자.’

마음속에서 많은 생각들이 오고 갔지만 결국 난 조용히 있기로 했어.

눈 딱 감고 모른 척하면 돼. 나랑 상관없는 일이니까 말이야.

선생님은 현우와 정민이의 얘기를 다 듣더니 말씀하셨어.

"현우야, 네가 오해한 것 같구나. 정민이는 네가 안 하는 줄 알았다고 하잖니? 정민이에게 사과하렴."

선생님의 말에 현우는 마지못해 먼저 사과를 했어.

"미안해."

자주 이런 일을 겪어서 그런지 사과도 빠르더라고.

그렇게 해야 상황이 빨리 끝난다는 것을 알고 있는 것 같았지.

"나도 한 번 더 물어봤어야 했는데 못 물어봐서 미안해."

정민이도 기어 들어가는 목소리로 사과를 했어.

"그래, 이렇게 사과했으니까 다음부터는 사이좋게 잘 지내라. 알겠지?"

선생님은 현우와 정민이의 어깨를 툭 치고는 자리로 들어가라고 했어.

그런데 그때 나는 현우와 정민이 사이에 뚜렷하게 이어진 선을 봤어.

그런데 그 선은 놀랍게도 검은색 선이었지!

하얀 선만 보다가 검은 선을 보니 나도 당황스럽더라.

그리고 더 신기했던 건 각자 자리로 돌아가서도 검은색 선이 흐려지지 않고 처음의 그 색 그대로 남아 있었다는 거야.

분명히 방금 서로 사과하고 끝난 일인데, 검은 선이 아직 남아 있는 게 너무 신기했어.

그래서 이유를 한번 생각해 봤어.

선생님 앞이라서 어쩔 수 없이 사과하긴 했지만, 진짜 사과는 아니었다는 거지.

아직 서로에 대한 마음은 그대로였던 거야.

둘은 서로의 자리로 돌아가서 고개를 푹 숙이고 한동안 주먹을 쥐고 가만히 있었어.

그 뒤에 수업이 시작하고도 한동안 서로 이어져 있던 검은색 선이 보였어.

그러다가 수업이 진행되면서 그 검은색 선은 점점 옅어지더니, 나중엔 사라져 버렸지.

나는 그 검은색 선이 무엇을 의미하는지 어렴풋이 알 것 같았어.

선에도 색깔이 있다는 것을 말이야.

"아얏, 왜 때려?"

점심을 먹고 나서 교실에 앉아 있는데 교실 뒤편에서 정민이의 짜증 섞인 고함소리가 들렸어.

그리고 이어서 현우의 비꼬는 목소리가 들려 왔어.

현우는 비꼬면서 말했지.

"네가 먼저 치고 지나갔잖아."

"내가 언제? 지나가다 실수로 부딪힌 거야."

정민이는 눈을 동그랗게 뜨고 억울하다는 듯이 말했어.

"그게 친 거지. 저번에도 그런 적 있었는데 말 안 하고 넘어갔는데…‥. 너 아까 쉬는 시간에 내가 블록 쓰러뜨린 것 때문에 일부러 그러는 거 아냐?"

그런데 그 순간 나는 다시 현우에게서 나온 선을 봤어. 뚜렷하고 선명한 검은색 선!

자세히 보니 검은색 선 끝은 성게처럼 가시가 튀어나와 있었어.

조금 징그러웠지.

그 작은 가시들이 상대방에게 닿을 때마다 찌르는 것 같았어.

정민이와 현우에게서 나온 검은 선이 서로를 찔러 대는 것처럼 보이더라고.

"실수로 그런 건데, 왜 때려? 너도 맞으면 기분 좋겠냐?"

이번에는 정민이가 현우를 향해 소리를 치며 밀쳤어.

그렇다고 가만히 있을 현우가 아니잖아?

"어라, 가만히 있는 나를 네가 먼저 쳐 놓고 또 밀어?"

"너희들 지금 뭐하는 거니?"

서로에게 달려들어 싸우려는 순간, 선생님이 교실로 들어오면서 말씀하셨어.

현우와 정민이가 싸우는 걸 보셨나 봐.

선생님께선 현우를 보시더니, 낮은 목소리로 현우와 정민이를 불렀어.

"또 너냐? 현우와 정민이는 잠깐만 나와라. 선생님이랑 얘기 좀 하자."

선생님 한숨 소리가 나한테까지 들리더라.

선생님은 보통 목소리가 높은 편인데, 화가 나면 목소리가 낮아지셔.

선생님은 쭈뼛거리며 온 현우와 정민이의 얘기를 다 듣더니 말씀하셨어.

"현우야, 네가 정민이라면 어떤 기분일 것 같니? 실수로 부딪힌 건데 상대방이 때리면 기분이 어떨 것 같아?"

현우의 얼굴이 벌개졌어.

눈에서는 눈물이 떨어질 것 같았지만 울지는 않더라.

수상한 안경점

대신 선생님을 똑바로 쳐다보더니 목청껏 소리치는 거야.

"왜 항상 저한테만 그러시는 건데요? 왜요?"

순간, 교실 안이 조용해졌어.

우리 반 아이들의 눈이 모두 현우와 선생님에게 향했고, 선생님은 당황하셨는지 눈이 동그래지고 얼굴은 붉으락푸르락해졌어.

"……김현우! 무슨 말버릇이 그래?"

"왜 저만 잘못했다고……."

현우는 말을 잇지 못하고 주먹을 꽉 쥐고 떨고 있었지.

"현우는 선생님이랑 연구실에서 이야기 좀 하자."

선생님은 착 가라앉은 목소리로 현우를 데리고 교실 밖으로 나가셨어.

현우는 정민이를 힘껏 째려보더니 선생님을 따라 밖으로 나갔지.

그때 나는 보았어.

선생님과 현우의 사이에도 검은 선이 연결된 것을 말이야.

그 선은 마치 서로가 줄다리기를 하고 있는 것처럼 아주 팽팽하게 이어져 있었지.

서로가 있는 힘껏 당기고 있는지, 그 검은 선은 미세하게 떨리고 있었어.

"휴~."

여기저기에서 크게 숨을 내쉬는 소리가 들렸어.

선생님과 현우의 줄다리기에 나뿐만 아니라 아이들도 바짝
긴장했었나 봐.

이 수상한 안경을 통해 수많은 선을 보게 된
민기는 어떤 선택을 하게 될까?

'도대체 어떻게 하면 선이 연결될까?'
'내가 원하는 대로, 마음먹은 대로
누군가와 선을 연결할 수 있을까?'
'선이 연결되면 그 사람의 마음이 다 전해질까?'

7

이상하고 다양한 선

#1. 선생님의 이상한 선

수업 시간 종이 치고 얼마나 지났을까?

선생님과 현우가 교실로 들어왔어.

내가 어떻게 했을 것 같아?

맞아!

나는 빠르게 선생님과 현우 사이에 어떤 선이 있는지 살펴 봤지. 그런데 둘 사이에는 아무런 선도 보이지 않는 거야. 아마 서로 잘 해결된 거겠지?

'또 어떤 선이 있을까?'

나는 궁금했어.

또 다른 선을 찾으려고 나는 수업 시간 내내 두리번거렸지.

"민기야, 수업 시간에 왜 그렇게 두리번거리니?"

선생님의 말씀에 갑자기 정신이 번쩍 뜨였어.

"죄송합니다."

기어들어 가는 목소리로 말하고 나는 그냥 고개를 푹 숙였어.

하지만 그 후로도 나는 수업 시간 내내 선을 찾느라 조금 바빴어.

그러다 아주 재미있는 사실을 하나를 알게 됐지.

선생님과 우리들 사이에 이어진 선에 대한 거야.

수상한 안경점

수업 시간에는 주로 선생님들이 이야기를 많이 하시지.

물론 가끔 우리에게 발표도 시키고 모둠별로 활동도 하지만, 많은 시간을 선생님이 수업하면서 설명하시는 데 사용하긴 하잖아.

우리는 주로 선생님을 보고 있고.

그게 보통 수업 시간의 모습이니까.

오늘 사회 시간에도 대부분은 선생님이 파워포인트 자료를 가지고 설명을 하셨고, 아이들은 다 선생님을 보고 있었지.

"오늘은 안중근 의사에 대해서 알아보자. 사회책 다 폈지?"

"네."

선생님은 우리를 쭉 둘러보시더니 물었어.

"안중근 의사라고 하면 떠오르는 사람이 있니?"

사회책을 보니 답이 보였어.

'이토 히로부미.'

교실은 조용했어.

아무도 먼저 나서지 않았지.

우리는 모두 말똥말똥 선생님만 빤히 보고 있었어.

다들 답을 알고 있지만 눈치를 보는 듯했지.

책에 나온 그대로 말하기엔 너무 생각 없어 보이고, 괜히 선생님께 잘 보이려고 나대는 것처럼 보일 것 같았거든.

하지만 선생님은 눈을 마주치지 않고 고개를 숙인 친구를 시킨다고 했었기 때문에, 다들 선생님을 빤히 보고 있는 거야.

선생님은 잠시 발표할 사람을 둘러보다가 한숨을 쉬고는 책에 있는 답을 얘기하며 설명을 이어 가셨지.

선생님이 열심히 설명하는 동안 분명히 아이들은 선생님을 보고 있었지만 아무도 선생님과 선이 이어져 있지 않았어.

이상한 점은 선생님에게서도 선이 나오지 않았다는 거야.

그냥 선생님은 설명만 하고 있었고, 우리는 그런 선생님을 쳐다만 보고 있었어.

수학 시간은 조금 달랐어.

우리는 평균에 대해 배우고 있었지.

선생님은 우리가 제대로 이해하고 있는지, 가르치는 중간중간에 질문을 하셨어.

그 내용을 잘 알고 있는 아이들은 선생님에게 열심히 자기의 선을 보내며 손을 들었어.

선생님은 선을 보낸 아이들 중에 선생님과 가장 두껍게 연결된 선의 아이에게 대답을 하도록 시켰고 말야.

물론 수학 시간에도 선생님과 선이 연결되지 않고 쳐다만 보는 아이들이 훨씬 많았지.

거기서 발견한 한 가지 사실!

선은 서로를 보고 있다고 연결되는 것은 아니라는 거야.

쉬는 시간에는 이런 일도 있었어.

우리 반 마녀 삼총사가 선생님 옆에서 재잘재잘 수다를 떨었지.

"선생님, 아이돌 누구 좋아하세요?"

"음, 선생님은 트와이스 좋아하지."

선생님은 쉬는 시간에도 바쁜 것 같았어.

마녀 삼총사의 말에 대답을 하면서도 컴퓨터를 쳐다보며 연신 키보드를 두드리고 계셨지.

아이들은 또 물었지.

"트와이스 중에 누가 가장 좋아요?"

"나연이 가장 좋아."

"선생님 아내분도 알아요?"

"그럼, 선생님 책상에도 붙어 있는걸?"

"에이, 너무했다."

"······."

선생님은 컴퓨터를 보며 일을 하시면서도 아이들의 질문에는 계속 대답을 다 하시는 거야.

완전 신기했어.

그런데 더 신기한 건 따로 있었지.

마녀 삼총사의 선은 선생님을 향하고 있었지만, 선생님에게
서는 선이 보이지 않았다는 거야.

선이 연결되지 않아서 그랬는지는 모르겠지만 대화는 거기
서 멈췄어.

#2. 엄마와 아빠의 선

학원 수업까지 마치고 집에 오니 오랜만에 엄마와 아빠가 다
계시지 뭐야.

이런 경우 흔하지 않은데.

"민기 왔어? 어서 손 씻고 와. 밥 먹자."

"응."

나한테 가장 먼저 한 말은 밥을 먹자는 말이었지.

하지만 전에도 막상 밥을 먹을 때는 나를 기다렸다는 것치곤
항상 너무 조용하게 밥을 먹곤 했어.

엄마 아빠가 "오늘은 공부하느라 힘들었지?"라고 물어본다
면 사실 나는 이런 말을 하고 싶었어.

'오늘 나 학원에서 공부하는 게 너무 힘들었어.'

'영어 단어를 하루 20개씩 외우는 게 말이 돼?'

'논술학원에선 글을 읽은 뒤에 왜 자꾸 내 생각을 물어보는 지 모르겠어. 나도 이야기를 읽으면서 충분히 감동도 느끼고, 재미있는 부분이 있으면 몇 번이고 다시 읽어 보기도 해. 그런데 왜 자꾸 주인공의 감정을 분석하고 정리해서 써야 하는지 모르겠어. 아무 방해 없이 그냥 책만 읽으면 안 되는 거야?'

'책을 다 읽고 난 뒤에 이야기의 결말을 다시 떠올리기도 전에 그 아래에 있는 문제에 대한 답을 찾는 게 왜 그렇게 중요한 거냐고?'

하지만 엄마와 아빠는 내게 "오늘 공부하느라 힘들었지?"와 비슷한 질문은커녕 별로 말도 하지 않았어.

그러니 내가 올 때 반기는 것은 단지 밥을 먹을 때가 됐다는 의미 말고는 없다고 생각했어.

그런데 오늘 그게 사실이었다는 걸 확인했지.

엄마와 아빠의 선을 보게 된 거야.

아니, 정확하게 말하면 엄마와 아빠에게서 나온 선이 별로 없다는 것을 보게 된 거지.

더 웃긴 건 엄마와 아빠 사이에 보인 선이었어.

엄마가 밥을 다 먹고 설거지를 하고 있을 때였어.

엄마는 저녁엔 밥을 조금밖에 안 드셔서, 금방 먹고 개수대에 그릇을 넣고는 설거지 준비를 하고 있었지.

아빠와 나는 아직 밥을 먹고 있었는데, 우리 둘은 늦게 먹는 이유가 조금은 달랐어.

아빠는 핸드폰을 보느라, 나는 TV를 보느라 밥을 늦게 먹고 있던 거지.

그런데 바로 그때였어.

나랑 마주 보고 밥을 드시던 아빠에게 내 뒤편에서 검은 선이 스물스물 다가가기 시작했어.

나는 뒤를 돌아보고 싶었지만 검은 선이어서 엄마를 보기가 두려웠어.

내 등에도 뜨끔한 느낌이 드는 게, 왠지 엄마의 검은 선이 내 등에 붙어 있는 것만 같았지.

왠지 밥을 늦게 먹는 것 때문이 아닐까 생각했어.

나는 조용히 밥을 먹었지.

하지만 아빠는 아무 느낌도 없는 듯했어.

유튜브를 보느라 눈치를 못 챘을 수도 있지.

나는 얼른 밥을 먹고 그릇을 개수대에 갖다 놓은 다음 소파에 앉았어.

아빠에게 상황을 알려주고 싶었지만 이미 때는 늦은 듯했지.

정말 우리 아빠는 눈치 꽝이야!

"여보, 나 설거지하게 빨리 먹고 치워요. 밥 먹으면서 뭐 하는 거야?"

엄마의 화난 목소리가 검은 선을 타고 아빠에게 향했어.

"어, 그래. 나 다 먹었어."

아빠는 허둥지둥 밥을 욱여넣었어.

그러고는 그릇을 개수대에 넣고 소파로 와서 앉았지.

하지만 엄마의 그 검은 선은 그대로 아빠를 향해 있었어.

"먹었으면 식탁은 치워야지. 내가 설거지하고 식탁까지 전부 치워야 하는 거예요? 으이구, 우리 집 남자들은 먹을 줄만 알고 치울 줄은 몰라요. 에휴."

엄마의 한숨 섞인 말과 함께 나와 아빠는 벌떡 일어나서 식탁으로 향했지.

그런데 말야, 아빠는 엄마와 선이 전혀 연결되어 있지 않은 거야.

그냥 말을 듣고 행동을 하는 거지.

선이 연결되지 않으니까 엄마가 뭘 바라는지도 모르고, 엄마가 무엇 때문에 화가 난 건지도 모르는 거였어.

나는 번뜩 이런 생각이 들었어.

'선이 연결되어 있지 않으면 그 사람의 생각을 헤아릴 수도 없는 거구나!'

#3. TV와 연결되는 선

집에서는 또 이런 일이 있었어.

아슬아슬하게 저녁을 먹고(사실 나만 아슬아슬한 거였겠지만) 나는 내 방에서 학원 숙제를 하기 시작했어.

어쩔 땐 학교 숙제보다 학원 숙제가 더 많다니까.

그런데도 학교 숙제보다 학원 숙제에 먼저 손이 가는 건 왜 그럴까?

내가 잠깐 물을 마시러 방에서 나왔을 때 엄마는 거실에서 TV를 보고 있었지.

정수기에서 물을 따라서 마시고 있는데 소파에 앉은 엄마가 손에 휴지를 든 채로 눈물을 닦으며 코를 훌쩍이고 있는 거야.

그런데, 헐! 엄마에게서 나온 선이 TV를 향하고 있지 뭐야?

무슨 일인가 싶어서 자연스럽게 내 눈은 TV로 향했어.

TV에서는 리어카를 끌고 다니며 박스를 줍는 할아버지 이야기가 나오고 있었지.

나는 물컵을 식탁에 내려놓고 의자에 앉았어.

그 할아버지는 새벽부터 집에서 나와서 리어카를 끌고 온 동네를 돌아다니며 빈 박스를 모으는 분인 것 같았어.

수상한 안경점

그런데 빈 박스조차도 모으는 게 쉽지 않아 보였어.

할아버지가 아파트에 들어가려고 하니 경비원 아저씨들이 막아서는 거야.

아파트에 리어카를 가지고 들어오면 주민들이 싫어한다며 손사래를 치면서 할아버지를 돌려보내더라고.

그리고 할아버지가 동네 마트에서 쌓여 있는 박스를 가져가려고 하니, 마트 사장님은 사람들이 물건을 사고 난 뒤에 비닐봉지 대신 박스를 많이 찾는다며 빈손으로 돌려보내기도 했어.

할아버지는 하루 종일 고생하며 모은 폐지를 고물상에 팔아서 만 원 정도를 받았지.

힘들게 일하고 받는 돈치고는 적은 돈이었지만 할아버지는 눈가에 주름이 잔뜩 보일 정도로 해맑게 웃었어.

할아버지는 그 돈을 가지고 동네 마트로 향했지.

마트에 들어서자마자 가장 먼저 향한 곳은 호빵을 찌는 기계 앞이었어.

"할아버지, 오늘도 오셨네요."

점원은 할아버지가 들어서자 웃으며 인사하곤 호빵 찜기 문을 열었어.

찜기 문을 열자 흰 김이 도망치듯 천장으로 올라갔지.

점원은 할아버지가 뭘 고를지 안다는 듯이 가장 먹기 좋게 생긴 하얀 단팥 호빵 세 개를 꺼내 할아버지에게 건넸어.

할아버지는 김이 솔솔 올라오는 단팥 호빵을 담은 봉투를 외투 안에 숨기듯 품고 마트에서 나와서는 빠르게 발걸음을 옮겼어.

나는 그 발걸음이 향하는 곳이 궁금했지.

하루 종일 길을 헤매고 다녔던 할아버지의 발걸음이 마지막으로 향한 곳은, 당연하겠지만 할아버지의 집이었어.

그 집에는 눈이 어두워 집 밖으로 나갈 수 없는 할머니가 있었어.

"딸랑딸랑."

할아버지가 문을 여는 소리가 들리자 할머니는 할아버지가 들어오시는 쪽을 바라보며 말했어.

"왔능교."

"별일 없제?"

할아버지가 두툼한 털모자를 벗으며 말했지.

"혼자 있는데 문 일이 있으면 우예 할라꼬예."

"이거, 따뜻할 때 얼른 잡숴 봐."

할아버지가 품속에서 호빵을 꺼내며 말했어.

"고맙심더."

할머니는 호빵을 받아 하나를 맛있게 드셨어.

할머니와 할아버지 사이에 희미하게 연결돼 있던 선이 점점 진해지는 게 보였지.

할머니는 호빵 하나를 다 먹고는 남은 두 개 중 하나를 할아버지에게 내밀었어.

"당신도 하나 잡쉈 보소."

"됐니더."

할아버지는 손사래를 쳤지만 할머니는 호빵을 할아버지 손에 억지로 쥐어 줬어.

"손이 억쑤로 찹다 아입니꺼? 뜨신 거 잡고만 있으소."

할머니의 말에 할아버지는 못 이긴 척 호빵을 집어 들었지.

그 장면을 보던 엄마는 훌쩍거림이 더 심해졌어.

엄마를 흘깃 보니 엄마의 선은 할머니와 할아버지 사이에 이어진 선과 연결돼 있는 거야.

'할아버지와 할머니가 호빵을 나눠 먹는 게 왜 슬픈 거지?'

할아버지, 할머니가 불쌍해 보이긴 했지만, 나는 엄마의 선이 할아버지, 할머니와 연결되는 게 이해가 가지 않았어.

같이 호빵을 나눠 먹는 게 뭐가 그렇게 슬픈 건지 이해가 가질 않았지.

솔직히 나는 학원 가는 것을 싫어하는데, 엄마는 관심도 없잖아?

어떻게 아냐고? 엄마가 나에게 보내는 선을 못 봤거든.

모르는 사람에게는 선을 잘도 보내고 이어 주면서, 하나뿐인 아들인 나한테는 선을 보내지도 않고 내 선을 받아 주지도 않잖아.

이건 너무 불공평하지 않니? 모르는 사람보다 아들과 선이 연결되는 게 정상 아닐까?

어휴, 생각할수록 열 받네!

암튼, 나는 질투가 났어.

나보다 TV에 나오는 할아버지와 할머니에게 선이 닿는 게 화가 나더라고.

그런데 말야, 엄마가 왜 눈물을 흘리는 건지 궁금하기도 했어.

그래서 엄마에게 물어봤지.

"엄마, 왜 울어?"

"할아버지와 할머니가 사랑하는 모습이 너무 슬프잖아."

엄마는 코를 훌쩍거리며 말했지.

"사랑하는 게 왜 슬픈 건데?"

"저 할아버지가 하루 종일 힘들게 일한 돈으로 할머니가 좋아하는 호빵을 사 오시는 것도 너무 감동적이고, 할머니는 할아버지가 그렇게 일해서 호빵을 사 온 걸 알고 혼자만 드시기

미안해서 할아버지에게 주려는 마음이 느껴지잖아. 공감이 안 되니?"

엄마는 당연한 걸 왜 묻느냐는 것처럼 나를 보며 말했지.

엄마의 말을 듣고 나는 '그건 엄마가 그 할아버지, 할머니와 선이 연결돼서 그런 거잖아.'라고 말할 뻔했어.

어, 잠깐만!

그러고 보니 TV 속 할아버지와 할머니는 엄마에게 선을 주지도 않았는데 어떻게 엄마는 그 사람들의 마음을 알 수 있었을까?

선을 서로 주고받지 않아도 그 사람에게 선을 주기만 하면 그 사람의 마음을 알 수 있는 걸까?

아냐, 엄마가 그런 초능력이 있을 리 없잖아?

아~ 오랜만에 복잡하게 생각하니까 머리가 아파 오네.

그래도 선에 대해서 확실하게 알 수 있는 중요한 단서인 것 같아서 생각을 다시 정리해 봤지.

'도대체 어떻게 하면 선이 연결될까?'

'내가 원하는 대로, 마음먹은 대로 누군가와 선을 연결할 수 있을까?'

'선이 연결되면 그 사람의 마음이 다 전해질까?'

이런 생각들이 꼬리를 물고 이어지자 문득 생각나는 곳이 있었어.

바로 안경점이었지.

'그래, 안경점에 다시 가 봐야겠어.'

거기에 가면 궁금한 것을 알 수 있을 것 같았지.

그래, 안경점에 다시 가 봐야겠어!

어떤 이유인지 모르겠지만

넌 자신과 사람들 사이에 벽을 쌓고 있었던 것 같아.

벽을 쌓으면 얼굴을 볼 수 없지.

얼굴을 보지 못하는데 어떻게 선을 볼 수 있을까?

근데 넌 사람들의 얼굴을 보고 싶다고 하더구나.

다행이었지.

아직 희망이 있다는 거니까.

8

다시 가 볼까? 그 안경점

학원이 끝나자 나는 집으로 가기 전에 안경점으로 향했어.

그 안경점에 가면 지금 내가 궁금해하는 것을 알 수 있을 것만 같았거든.

'아, 맞다. 그때 안경점이 폐업할 예정이라고 했는데……'

안경점이 문을 닫았으면 어쩌지 하는 생각에 불안해지자 내 발걸음은 더 빨라지기 시작했어.

빨라지는 발걸음만큼 내 심장도 뛰기 시작했지.

안경점에 다다라서는 심장이 터질 듯했어.

다행히 안경점은 아직 문을 닫지 않았더라고.

"휴~."

안경점 앞에 도착하자 안도의 큰 숨이 나왔어.

그러면서 다리에 힘이 풀려서, 무릎을 짚고 숨을 고르고 있을 때였어.

"민기 학생, 조금 늦었군. 들어오렴."

가게 주인아저씨가 문을 열고 나를 보더니 이렇게 말하는 거야.

"엄마야!"

난 깜짝 놀라 뒤로 한 발짝 물러나며 나도 모르게 소리를 질렀어.

솔직히 지금 엄마가 같이 있으면 좋겠다는 생각도 했어.

나 혼자 가게 안으로 들어가는 게 조금 무서웠거든.

친구랑 같이 있으면 무서울 것 하나 없이 당당하다가도 혼자 있으면 괜히 소심해지듯이 말야.

하지만 무서운 마음보다 이 안경이 가진 신비한 능력에 대한 궁금증이 더 컸나 봐.

더구나 아저씨가 한 말 때문에 더 궁금증이 커졌지.

"민기 학생, 조금 늦었군. 들어오렴."

이 말을 했다는 건 아저씨는 이미 내가 올 걸 알고 있었다는 거잖아.

그리고 나를 기다리고 있었다는 거고.

안경점 아저씨는 나에게 해 주고 싶은 중요한 말이 있을 것만 같았어.

그렇게 생각하니 혼자라도 들어갈 수 있겠다는 용기가 생겨났어.

나는 안경점 문을 손으로 힘껏 밀고 들어갔지.

"우리 가게 문이 열기 힘든가 보네, 이렇게 한참 문을 잡고 서 있는 걸 보니 말이야. 허허."

안경점 아저씨는 나에게 말하며 웃었어.

아저씨의 검은색 뿔테 안경과 웃을 때 함께 올라가던 콧수염을 보니 어릴 때 TV 프로그램에서 본 코주부 안경을 쓴 개그맨이 생각나서 웃음이 났지.

가게 안은 이제 곧 이사를 갈 것처럼 구석에 종이 상자가 쌓여 있었고, 안경이 전시되어 있던 진열장들은 그새 텅 비어 있었어.

가게 가운데 지난번에 엄마와 내가 앉아 있던 의자 두 개와 테이블은 아직 놓여 있었어.

"뭘 그렇게 두리번거리고 있니? 짐을 다 정리해서 이젠 볼 것도 없을 텐데. 허허."

아저씨가 너털웃음을 지으며 의자를 향해 손을 내밀었어.

"의자에 좀 앉으렴."

나는 지난번에 왔을 때 내가 앉았던 의자로 가서 앉았어.

무슨 말부터 시작해야 할지 몰라서 침을 꼴깍 삼켰지.

"긴장을 했나 보구나. 이 핫초코 한잔 먹고 궁금한 게 있으면 물어 보렴."

아저씨가 김이 모락모락 올라오는 찻잔을 테이블에 올려 놓고 내 쪽으로 손잡이를 슬그머니 돌려 주셨어.

핫초코에서 올라오는 뜨겁고 달콤한 냄새 덕분에 마음이 좀 편해지더라고.

"아저씨, 왜 안경을 끼면 선이 보이는 거죠?"

(솔직히 아저씨보다 할아버지에 가깝지만)

나는 찻잔 손잡이를 만지작거리며 가장 궁금했던 것을 물어보았지.

"왜 안경을 끼면 선이 보이는 거냐고? 흐음……."

아저씨는 내 질문을 듣고 한참을 고민하더니 말했어.

"나는 질문의 순서가 바뀌었다는 생각이 드는데. 먼저 이렇게 물어봐야 하지 않을까? 왜 전 이제까지 선을 보지 못했던 걸까요? 라고 말이야."

"말도 안 돼. 그럼 원래부터 다들 선을 볼 수 있다는 말이에요? 저만 지금까지 선을 못 본 건가요?"

나는 너무 놀라서 잡고 있던 컵을 떨어뜨릴 뻔했지 뭐야.

나만 빼고 다른 사람들은 선을 볼 수 있었다는 거잖아! 에잇, 말도 안 돼!

"물론, 볼 수 있지. 단지 조금의 관심만 있으면 말이야."

아저씨는 콧수염 끝을 가늘게 꼬며 대답했지.

"관심이요?"

"그래, 사람에 대한 관심 말이야. 하지만 많은 사람들이 민기처럼 선을 보지 못하고 살아가고 있지. 요즘은 점점 더 그런 사람들이 늘어나고 있거든."

아저씨는 흘러내린 안경을 손끝으로 올린 다음 계속 이야기
했어.

"그런 사람들이 우리 가게에 와서 안경 렌즈를 맞춰 가면 대
부분 며칠 지나지 않아 다시 가게를 방문하더구나. 안경을 쓰
면 뭔가 이상한 게 보인다고. 그런데 문제는 아무도 그걸 물어
보려거나 질문하지 않는다는 거야.

그냥 안경이 불량이라고 생각하고 교환을 해 달라고 하거나
환불을 요구하지. 그래서 이렇게 안경점 문을 닫게 된 건지도
모르겠구만. 허허."

아저씨는 쓸쓸한 표정으로 웃었어.

솔직히 아무것도 이해가 되지 않았어.

내 표정도 아직 뭐가 뭔지 모르겠다는 표정이었나 봐.

아저씨는 의자에 앉아 나를 정면으로 바라보며 말했지.

"처음에 우리 가게에 와서 렌즈를 맞춘 날, 저 기계에 서서
렌즈에 눈을 대었을 때 뭐가 보였는지 기억나니?"

당연하지. 나는 그 장면이 너무 충격적이어서 정확하게 기억
하고 있었어.

등을 돌리고 서 있는 사람들의 모습이 보였고, 그 사람들은
모두 핸드폰을 보고 있었지.

그리고 사람들의 얼굴을 보았는데 그 사람들은 얼굴 모양만 있고 눈, 코, 입이 없었던 그 장면…….

그리고 다들 손가락만 빠르게 움직이고 있는 모습이 꼭 로봇 같아 보였던 게 생각났어.

으~ 다시 생각하니 소름이 돋아 버렸지 뭐야.

"네, 그 모습이 너무 생생하게 기억나요."

"그 장면이 바로 민기 학생의 마음속 깊은 곳에서 스스로에게 하고 싶은 말이야."

"내 마음이 나에게 하고 싶은 말이라고요?"

나는 아저씨가 한 말을 다시 되뇌었지.

아저씨는 아직 이 상황이 잘 이해가 되지 않아 어리둥절해하는 나를 보고 계속 말하셨어.

"내가 민기 학생에게 물었지? 그 사람들 얼굴이 보고 싶지 않냐고 말이야."

"네, 기억나요. 사람들의 얼굴이 보고 싶다고 얘기했던 거……."

"바로 그거야. 어떤 이유인지 모르겠지만 넌 자신과 사람들 사이에 벽을 쌓고 있었던 것 같아. 벽을 쌓으면 얼굴을 볼 수 없지. 얼굴을 보지 못하는데 어떻게 선을 볼 수 있을까? 근데 넌 사람들의 얼굴을 보고 싶다고 하더구나. 다행이었지. 아직 희망이 있다는 거니까. 그래서 렌즈를 만들 때 선을 더 쉽게 볼 수 있도록 만들었지. 넌 그 선을 보고 뭔가 이상하다고 느낀 거고 말이다."

아저씨의 말을 듣고 보니 이제야 머릿속에 여러 조각으로 흩어져 있던 퍼즐이 조금씩 맞춰져 가는 느낌이 들었지.

그런데 아직 궁금한 게 다 풀리지는 않았어.

난 다시 아저씨에게 물어봤지.

"어떻게 하면 선이 연결되는 거예요?"

"보통 자기가 관심을 가지고 있는 사람을 보면 자연스럽게 선을 보낼 수 있지만, 정작 그 사람이 원하지 않거나 관심이 없을 때는 이어지지 않아. 마음대로 다른 사람과 선을 연결할 수는 없단다."

'그래서 정희가 아무리 선을 보내도 친구들과 이어지지 않은 거구나.'

하나씩 궁금증이 풀리기 시작했어.

또 한 가지 궁금했던 게 있었는데……, 아! 맞아. 이거였어.

"그럼, 선이 연결되면 그 사람의 마음이 다 전해지나요?"

"음……, 그건 조금 어려운 질문인데. 그럴 수도 있고 아닐 수도 있어. 한 가지 물어볼게. 민기 넌 네 마음을 다 아니?"

난 잠깐 고민하다가 고개를 저었어.

"아저씨도 가끔 아저씨 마음을 모를 때가 있단다. 다른 사람과 선이 연결된다고 해서 그 사람도 모르는 상대방의 마음을 다 알 수 있는 건 아니지. 다만, '저 사람은 이런 마음이겠구나……' 하고 어렴풋이 느껴지는 거야."

"아, 그렇군요."

"그리고 한 가지 더 있어. 다른 사람과 선이 연결되지 않아도 마음을 알 수 있는 방법이 있단다. 그건 바로 그 사람의 행동이나 표정을 관심 있게 보는 거야. 그러면 그 사람은 내 마음을 모른다 해도 나는 그 사람의 마음을 알 수 있지. 그건 사실 내가 예전에 느꼈던 감정과 연결되기 때문에 알 수 있는 거란다. 예전의 내 감정과 연결해서 다른 사람의 마음을 알 수 있다는 것, 참 신기하지 않니?"

아저씨의 말에 고개를 끄덕이며 난 생각했어.

'아, 그래서 엄마가 그 할아버지와 할머니의 마음을 느끼고 울었던 거구나……'

아저씨의 말을 들으면서 궁금했던 게 많이 해결됐지.

"어쨌든 다행이구나. 이렇게 문을 닫기 전에 와서 말이야. 부모님과 같이 왔다면 이런 말도 제대로 못 했을 거야. 보통 어른들에게는 이런 말이 전혀 통하지 않거든. 어디 이런 불량품을

팔고는 사기를 치려 하느냐고 할지도 모르고 말이다. 휴……."

정말이야. 엄마 아빠만 봐도 거의 답정너라서 내가 아무리 얘기해도 듣는 척도 하지 않았거든.

아저씨는 한숨을 내쉬고는 의자에서 일어났어.

나는 문득 아저씨를 다시는 못 볼 것 같다는 생각이 들었어.

이 안경점 문을 닫으면 아저씨는 어디로 가는지 궁금해서 물어봤지.

"이제 어디로 가세요?"

"음, 조금은 쉬고 싶어. 나도 사실은 내 주변의 사람들과의 사이에 선이 많이 흐려진 게 느껴지더라고. 허허. 내 마음에 여유가 있어야 주변 사람의 선이 잘 보이는 법이거든."

"혹시, 더 궁금한 게 생기면 어떻게 해요?"

나는 다급한 마음으로 물었어.

"그 안경을 쓰면서부터 선이 보이니까 사람들을 더 자세히 관찰하게 되지 않니? 그게 관심이 시작되는 지점이지. 관심을 가지고 사람을 보면 그 사람의 마음을 느낄 수 있을 거야. 그걸 사람들은 공감이라고 이야기한단다. 그 안경의 역할은 거기까지! 허허."

아저씨는 내 머리를 쓰다듬으며 웃었어.

"관찰, 관심, 그리고 공감……."

비슷한 듯 다른 세 단어가 입에 맴돌았어.

'이 안경의 역할이 선을 보게 하는 것까지라면 그 뒤에 나는 무엇을 해야 할까?'

그러고 보니 아저씨는 나의 궁금증을 해결해 주고 나서, 다시 나에게 과제를 하나 준 거잖아?

그래도 이건 뭔가 논술, 수학, 영어 숙제보다 나에게 더 필요한 것 같다는 생각이 들었어.

'우리 가족에겐 어떤 선이 있을까?'
'언제 우리 가족에게 선이 이어질까?'

수상한 안경점

안경

6666
6666

9

선이 없는 가족

학원에서 돌아오는 길에 안경점에서 아저씨에게 들었던 말을 생각해 봤어.

확실히 선을 보게 되면서 사람들을 더 자세히 관찰하게 되었지.

그러면서 평소에는 관심이 없던 친구들의 사정도 조금은 알게 되었고 말야.

물론 한 사람 마음을 다 알 수는 없지.

사람과 사람 사이의 선은 그 사람의 관계를 어느 정도 알 수 있게 하는 중요한 힌트 같은 것이라는 생각이 들었어.

어떻게 보면 관계는 사람을 이해하는 몇 안 되는 방법일지도 몰라.

이런 생각을 하며 집에 돌아오니 시간이 금방 지나갔지.

"민기야, 오늘은 뭐 먹을래?"

현관문을 열고 집에 들어오니 엄마는 나를 보자마자 뭘 먹을지 고르라고 채근하셨어.

오늘 저녁은 외식하는 날이야.

우리 가족은 일주일에 한 번은 외식을 하기로 했거든.

엄마의 논리는 이랬지.

"하루 종일 일하고 피곤한 채로 매일 밥을 하면 기분이 좋지 않다."

　→ "기분이 좋지 않은 채로 음식을 하면 음식이 맛있을 리가 없다."

　→ "평일에 한 번은 나도 다른 사람이 한 밥을 먹고 싶다."

아빠와 나는 엄마의 말에 동의할 수밖에 없었어.

요즘 엄마가 해 주는 음식 맛이 안 좋았던 이유를 알게 되었으니까.

"민기야, 오늘 뭐 먹고 싶냐고!"

엄마가 짜증 섞인 목소리로 다시 물었어.

엄마가 배고프다는 신호였지.

나는 빨리 엄마가 원하는 대답을 해야 했어.

"스테이크!"

며칠 전에 TV를 보다가 한 요리 프로그램에서 스테이크를 요리하는 걸 본 엄마가, 스테이크가 먹고 싶다고 얘기했었거든.

엄마가 며칠 전부터 그렇게 얘기했는데, 내가 다른 걸 먹고 싶다고 얘기하려면 엄청난 용기가 필요해.

분명 외식 분위기가 엉망이 되는 건 시간 문제니까 말이야.

아무튼 우리는 집 근처에 있는 레스토랑에서 스테이크와 파스타를 먹기로 했지.

우리 가족이 레스토랑 안으로 들어가자 테이블을 정리하고 있던 종업원이 인사를 했어.

"어서 오세요. 세 분이신가요?"

"네."

"이리로 앉으세요."

창가 쪽 자리였어.

레스토랑 안에는 우리 가족 말고 두 테이블에 사람들이 있었어.

조금 늦은 저녁이라 붐비지 않아서 좋았지.

피아노 음악이 잔잔하게 흘러나오고 있었는데, 이상하게 안심이 되는 분위기였어.

음악 때문에 굳이 대화를 안 해도 될 것 같아서 그런가?

나는 우리 테이블 앞쪽에 앉은 사람들을 힐끗 봤어.

선을 보게 된 후부터 사람들에게서 나오는 선이 궁금해서 습관적으로 선을 찾아 보게 되었지.

내 또래의 남자아이와 남동생이 엄마와 같이 온 것 같았어.

아이들은 둘 다 핸드폰을 보고 있었고, 그 아이들의 엄마도 핸드폰으로 채팅을 하는지 손가락이 바쁘게 움직이고 있었지.

그런데 아무리 살펴도 그 가족에게서는 선이 보이지 않았어.

어쩌면 당연한 건지도 몰라.

수상한 안경점

아까부터 서로 아무런 말도 없이 각자 핸드폰만 보고 있었거든.

아무리 뚫어져라 보고 있어도 핸드폰과는 선이 연결되지 않았지.

눈도 맞추지 않고 대화도 하지 않는데 선이 보이지 않는 건 당연하다고 생각했어.

'핸드폰은 내가 원하는 걸 보여 주기는 하지만 내 얘기를 진심으로 들어 주지는 않기 때문일까?'

'가장 중요한 이유는 핸드폰이 나에게 관심 같은 건 없기 때문이겠지 뭐.'

앞 테이블의 가족도 꼭 우리 가족 같았어.

지금 내 앞에 있는 엄마와 아빠도 각자 뚫어져라 핸드폰을 보고 있었어.

엄마는 시도 때도 없이 단톡방에서 울려대는 알람을 보고 자판을 두드렸고, 아빠는 뉴스를 검색하고 있었거든.

집이나 밖이나 우리 가족의 모습은 별로 다르지 않았지.

언제부터인가 집에 있으면 조용했어.

어릴 땐 아빠와 같이 캐치볼도 하고 좋아하는 야구 얘기에 엄마가 조용히 좀 하라고 할 정도로 시끌벅적했었는데…….

지금은 내가 학원을 마치고 집에 와도 엄마 아빠는 소파에 누워 핸드폰만 보고 있을 때가 많아.

나도 자연스레 핸드폰에 빠져들었지.

다른 사람들의 선을 보다가 갑자기 이런 생각이 들었어.

'우리 가족에겐 어떤 선이 있을까?'

'언제 우리 가족에게 선이 이어질까?'

잠깐 그런 생각을 하며 다른 쪽 테이블로 고개를 돌렸어.

가게에서 가장 안쪽 테이블에는 대학생으로 보이는 형과 누나가 서로를 빤히 보며 얘기를 하고 있었어.

뭐가 그리도 재미있는지 누나는 계속 웃었고, 그 앞에 앉아서 이야기하는 형 역시 엄청 즐거워 보이더라고.

나는 그 두 사람 사이에 연결된 선명한 선을 볼 수 있었어.

학교 친구들이나 선생님, 그리고 엄마 아빠에게서는 볼 수 없었던 선의 색깔!

그것은 바로 분홍빛이 맴도는 선이었지.

그리고 신기하게도 형에게서 나온 선이 머뭇거리듯 누나의 주변을 맴돌다가 누나에게서 나온 선과 닿아서 하나가 되는 모습이 보이는 거야.

누나에게서 나온 선도 마찬가지였어.

누나에게서 나온 선이 형의 주변을 맴돌면 형에게서도 선이 나와서 또 하나의 선이 되는 거였어.

그렇게 반복해서 두 사람 사이에 선이 모아지더니 선명하고 두꺼운 분홍색 선이 만들어지지 뭐야.

너무 신기했어.

하얀 선과 검은 선만 보다가 저렇게 예쁜 분홍색 선을 보게 되다니!

저 누나와 형은 서로를 신뢰하고 사랑하는 게 분명해!

선의 색깔과 두께만 봐도 알 수 있겠더라.

그 형과 누나 덕분에 식당 안이 따뜻해지는 것 같다는 생각이 들었어.

그런데 참 이상해.

우리도 그렇고 옆에 앉은 가족도 그렇고, 왜 분홍색 선이 나오지 않는 걸까?

정말 이상하지 않아?

그 형과 누나는 가족이 아닌데도 저런 선이 나오는데, 우리는 모두 가족인데도 연결된 선을 볼 수 없다니 말이야.

그 두 사람의 선을 보며 신기해하다가 나는 금세 슬퍼졌어.

나와 엄마 아빠는 식당에 들어와서 주문을 한 뒤로 지금까지 한마디도 이야기를 하지 않았다는 것을 깨달았거든.

옆 테이블의 가족도 그렇고, 우리 가족도 그렇고 모두 핸드폰에만 빠져 있잖아.

그래서 우리 사이에는 아무런 선이 보이지 않나 봐.

"식사 나왔습니다."

종업원의 말에 우리 가족은 그제야 고개를 들었어.

스테이크와 스파게티에서 모락모락 김이 올라왔어.

내가 좋아하는 음식이었지만 오늘은 별로 먹고 싶은 생각이 들지 않았어.

"민기야, 왜 안 먹어?"

엄마가 눈을 동그랗게 뜨고 물어봤어.

"그냥, 속이 좀 안 좋아."

딱히 떠오르는 변명거리가 없어서 대충 둘러 댔어.

"병원에 가 봐야 하나?"

아빠가 얘기했어.

"그 정돈 아냐. 그냥 집에 가서 좀 누워 있으면 되겠지 뭐."

설레는 마음으로 나온 외식이었는데, 복잡한 생각만 머릿속을 가득 채운 채로 집으로 돌아왔어.

집에 오자마자 침대로 가서 누워 게임을 시작했어.

머리 아플 땐 게임만 한 게 없거든!

그리고 그대로 잠이 들었는지, 눈을 떠 보니 아침이더라고.

어젯밤 침대에 누워 게임을 하다가 엄마의 발소리에 자는 척하려고 잠깐 눈을 감았던 게 생각났어.

눈을 감고 자는 척하는 내게 엄마가 이불을 덮어 주시던 건 기억나는데, 그 이후는 기억이 나질 않아.

아마도 그대로 잠이 들어 버렸나 봐.

긴 한숨을 내쉬며 거실로 향했어.

식탁에는 빵과 우유가 가지런히 놓여 있었지.

난 우유만 마시고 나와서 학교로 향했어.

내 경험상 현우의 저 모습은

게임이 즐거워서 하는 게 아니라

저 상황을 피하고 싶은 거라는 것을 알 수 있었지.

: 10 :

현우네 가족과 우리 가족

오늘은 학교 수업이 끝나고 학원을 세 군데나 가는 날이야.

이 중에 내가 가고 싶은 학원은 수학학원 딱 하나야.

사실 수학학원도 내가 가고 싶어 했다고 하기엔 좀 그래.

난 그냥 수학이 좀 요즘 어려워져서 공부를 좀 해야겠다고 말했을 뿐인데, 엄마가 바로 학원을 등록해 버린 거야.

어떤 건지 말하지 않아도 알겠지?

나머지 영어와 논술학원은 대학 갈 때 꼭 필요할 거라고, 배워 두면 좋다면서 엄마가 가기 싫다는 나를 억지로 가게 했지.

엄마가 미래를 어떻게 안다고 그러는지 진짜 이해가 안 됐어.

그리고 배워 두면 안 좋은 게 뭐가 있어? 배워 두면 다 좋겠지.

근데 지금 하기 힘드니까 그런 거잖아.

엄마는 공부를 하려면 왜 학원을 가야 한다는 것밖에 생각하지 않는 걸까?

아빠는 내 공부에 아예 관심도 없고.

엄마 아빠는 왜 이렇게 극과 극일까?

나는 바로 답이 떠올랐지.

그건 엄마 아빠가 서로 대화를 하지 않기 때문이야.

대화를 하지 않으니 서로가 어떤 생각인지 알 수가 없는 거지.

그럼 엄마와 아빠 사이에서 나는 뭘 할 수 있을까?

쉽게 답이 떠오르지 않았어.

수상한 안경점

솔직히 언제부터 대화를 하지 않게 되었는지도 모르겠거든.

세상의 모든 문제가 수학 문제처럼 답이 딱! 정해져 있으면 얼마나 좋을까?

앗, 그럼 나처럼 공부를 잘하지 못하는 사람들은 문제를 못 풀 수도 있겠네.

학교 수업 마치고 나서 학원 세 개를 뺑뺑 돌다가 집에 오니 7시가 넘었어.

오늘은 너무 배가 고팠어. 간식을 사 먹을 시간도 없었거든.

집에 오니 엄마밖에 없었어.

"아빠는?"

"오늘 늦으신대. 오늘은 나가서 먹자. 가방 놓고 나와."

가방을 방에 던져 놓고 나오는 나에게 엄마가 말했어.

"지난번에 너 배 아파서 스테이크 제대로 못 먹었으니까 오늘 다시 거기로 가자."

난 너무 배가 고파서 그냥 빨리 먹을 수만 있다면 뭐든 상관 없었어.

아무 말 없이 따라나섰지.

"딸랑딸랑."

"어서 오세요."

문을 열고 식당으로 들어가자 종업원이 인사를 하며 자리를 안내했어.

오늘도 지난번처럼 창가 자리였어.

난 자리에 앉아 가게 안을 둘러봤어.

그런데 창가 끝 테이블에 낯익은 얼굴의 아이가 있었어.

우리 반 김현우.

현우는 엄마 아빠와 온 것 같았어.

순간 나는 고개를 돌렸지.

"아는 친구니?"

"아니."

엄마의 물음에 난 고개를 내저었어.

숨을 이유가 전혀 없는데도 숨고 싶었어.

하지만 생각과는 다르게 계속 현우에게 눈이 갔어.

현우는 핸드폰을 하고 있었어.

그래서 다행히 내가 식당에 들어온 것도 보지 못했나 봐.

곁눈질로 힐끔 훔쳐보니 현우네 가족도 대화가 없었어.

현우네 아빠는 내가 들어올 때부터 누군가와 전화 통화를 하고 있었고, 현우 엄마도 마찬가지로 내내 핸드폰을 보고 있었지.

그 가족도 같은 테이블에 앉아 있지만 서로 모르는 사람 같았어.

그 모습을 보고 있으니 꼭 우리 가족을 보고 있는 것 같더라.

현우도 엄마 아빠와 같이 있어도 심심하고 외로워 보였어.

나에게서 선이 나와서 현우에게로 향했지.

하지만 현우에게 닿지 못하고 힘없이 사라지고 말더라.

현우는 게임을 하느라 정신이 없는 것 같았거든.

현우네 아빠는 통화가 길어지니까 아예 밖으로 나갔어.

자주 이런 일이 있었는지 현우네 엄마는 가늘게 한숨을 쉬었고, 옆에서 게임을 하던 현우는 엄마를 힐끔 보고는 다시 게임을 하기 시작했지.

그 순간, 나는 알았어.

현우는 지금 게임에 빠져 있지 않다는 것을 말이야.

게임에 진짜 빠져 있으면 엄마의 한숨 같은 건 들리지 않거든.

나도 저런 경험이 있어서 잘 알지.

예전에 엄마와 아빠가 자주 다툴 때 나는 집에 있는 것이 너무 괴로웠어.

그렇다고 집 밖으로 나갈 수도 없었지.

그래서 내가 택한 건 게임을 하는 거였어.

처음에는 뭐라도 하고 싶은 마음에 게임을 시작했는데, 점점 습관이 되다 보니 피하고 싶은 일이 있거나 딱히 할 게 없을 땐 게임을 하게 되더라고.

내 경험상 현우의 저 모습은 게임이 즐거워서 하는 게 아니라 저 상황을 피하고 싶은 거라는 것을 알 수 있었지.

그렇게 생각하다 보니 현우가 안쓰러워졌어.

내가 진짜 마음을 알아 줄 수 있는 친구를 만났다는 생각에, 이상하게 마음이 편해지더라.

"주문하시겠어요?"

종업원 누나가 엄마에게 물었어.

"너 크림 스파게티 먹을 거지?"

"음."

"크림 스파게티 하나 하고요, 안심 스테이크 하나 주세요. 미디엄 웰던으로요."

내가 뭘 먹을지 고민하기도 전에 엄마는 음식을 시켰어.

나와 엄마 사이에 아직 선이 이어지지 않았다는 뜻이었지.

엄마는 내가 자주 먹는 걸 알고 있었고, 그래서 크림 스파게티를 시킨 거겠지.

괜히 엄마에게 서운한 마음이 들었어.

그래서 엄마가 주문한 것도 마음에 들지 않았지.

엄마 말대로 하고 싶지 않아진 거야.

가끔 그럴 때 있잖아.

괜히 부모님의 말이랑 완전 반대로 하고 싶어질 때 말야.

"난 오늘 크림 스파게티 말고 해물 스파게티 먹을래."

"그래. 그럼 해물 스파게티로 바꿔 주세요."

"네, 알겠습니다."

종업원 누나는 가볍게 인사를 하고 주방으로 갔어.

그 사이 현우네 테이블에 주문한 음식이 담긴 접시가 놓였지.

현우와 엄마는 아빠를 기다리는 걸 포기한 듯 먹기 시작했어.

"식사 나왔습니다."

그제야 엄마는 핸드폰을 내려놓고 나를 봤나 봐.

"여민기, 너 무슨 생각을 그렇게 하니?"

"아무것도 아니야."

"어서 먹자. 많이 먹어, 아들."

너무 배가 고팠던 나는 허겁지겁 먹기 시작했어.

"얘가, 그렇게 급하게 먹다가 또 체한다!"

난 체해도 괜찮다고 생각했어.

난 심심하고 외로울 때 현우처럼 누구라도 괴롭힐 성격도 못 되니, 차라리 아픈 게 나을지도 몰라.

아프면 핸드폰보다 나를 더 봐 줄 테니까 말이야.

"딸랑딸랑."

현우네 아빠가 다시 들어왔어.

이제 전화를 끊었나 봐.

하지만 자리로 돌아와서 이미 식어 버린 스테이크를 몇 점 먹고는 다시 밖으로 나갔어.

현우네 아빠는 우리 아빠보다 더 바쁜 사람이라고 생각했어.

현우네 아빠가 나간 뒤에 곧이어 현우와 현우 엄마도 일어나서 밖으로 나갔지.

현우는 가게 문을 나설 때까지 나를 보지 못했어.

현우는 갔지만 내 머릿속에서는 계속 현우가 맴돌고 있었지.

선을 보고 선을 잡는다는 것은 내게 너무 버거운 일이다.

다른 사람이 아무리 나와 선을 이으려 해도
내가 그것을 지나치면 선은 절대 서로 이어지지 않는 거지.
물론 그 사람이 나에게 관심을 보이지 않으면
내 감정이 전해지지 않는다는 것도.

11

선을 잡다

오늘은 수요일이야.

학원에 가기 전, 복도에서 신나게 게임을 하는 날이지.

근데 왜 게임을 복도에서 하냐고?

수업이 끝났는데 교실에서 게임을 하고 있으면 선생님이 가만히 두질 않거든.

"집에 안 가고 뭐하나?"

"부모님은 네가 이러는 거 아시냐?"

"집에 가서 공부나 해라."

"이럴 거면 학원이나 가라."

끊임없는 잔소리에 더 귀찮아질 뿐이야.

그런데 이상하게 교실이 아닌 복도에서 게임을 하면 그냥 지나가셔.

혀를 끌끌 차거나 한마디씩 던지고 가시긴 하지만 귀찮게 하지는 않아.

처음엔 나 혼자 했는데, 어쩌다 보니 점점 늘어서 세 명이 되었어.

수요일만 되면 나처럼 학원 수업 시간이 비는 친구들이 모이기 시작한 거야.

오늘도 복도에 앉아서 게임을 하고 있는데 내 옆에 누가 와서 털썩 앉았어.

수상한 안경점

옆을 보니 현우였어.

"아, 안녕?"

"안녕은 무슨 안녕이냐? 오늘 계속 교실에서 같이 있었으면서……."

톡 쏘아붙이는 말투였어.

친구들은 이런 현우의 말투도 별로 좋아하지 않았지.

평소 같았으면 나도 기분이 나빠져서 자리를 떴을 거야.

하지만 난 보았지. 현우에게서 나온 하얀 선을 말이야.

나에게서도 하얀 선이 나와 현우의 선과 닿는 모습이 보여서, 그 순간 현우의 말이 전혀 무안하지도 않고 기분 나쁘지도 않았어.

그냥 웃음이 났지.

저 말이 현우가 친구와 친해지기 위한 유머라는 느낌이 나에게 전해진 거야.

선이 닿으면 그 사람의 마음이 전달되는가 봐.

어쩌면 어제 레스토랑에서 현우를 보고 나랑 비슷한 부분이 있다는 걸 알게 되어서인지, 더 가까워진 느낌이 들었어.

그런 느낌 있잖아.

같은 경험이 있는 사람끼리만 알 수 있는 감정을 공유한다는 것 말이야.

이제야 내가 보는 선에 대해서 확실하게 이해할 것 같아.

내 마음과 현우 마음이 그리 다르지 않다는 것.

마녀 삼총사도 정희도 마음이 이렇겠구나 싶었어.

나에게 전해지는 다른 사람의 감정이 바로 그 선이었던 거야.

다른 사람이 아무리 나와 선을 이으려 해도 내가 그것을 지나치면 선은 절대 서로 이어지지 않는 거지.

물론 그 사람이 나에게 관심을 보이지 않으면 내 감정이 전해지지 않는다는 것도.

드디어 알 것 같아.

관찰하게 되면 관심이 생긴다고 한 안경점 아저씨의 말씀을.

"민기, 너 뭐해? 무슨 생각을 하는데 얼굴이 즐거워 보이냐?"

현우가 물었지.

"아냐, 아무것도. 넌 왜 집에 안 가?"

나도 현우에게 관심을 가지면서 물었지.

"집에 가 봤자 뭐하냐? 할 것도 없고, 공부하라는 엄마 잔소리나 듣겠지……."

"그렇긴 해……."

"넌 무슨 게임 하냐?"

현우가 내 옆에 붙어 핸드폰을 보더니 말했어.

수상한 안경점

"어, 나랑 같은 게임 하네. 너 야구 좋아해?"

"응, 좋아해. 옛날엔 아빠랑 캐치볼도 많이 했는데 요즘엔 아빠가 바빠서 안 해 주셔."

"어, 나도 야구 진짜 좋아하는데. 나도 예전엔 아빠랑 캐치볼 진짜 많이 했거든. 나랑 캐치볼 할래? 너 글러브 있어?"

"응."

"그럼 우리 캐치볼 하자."

"어, 그래!"

현우가 벌떡 일어나며 얘기하는 바람에 놀라서 나도 모르게 이렇게 대답해 버렸어.

학원에 가야 한다는 생각이 잠깐 들었지만, 그냥 될 대로 되라지.

집으로 달려가는 발걸음이 빨라졌어. 볼 끝으로 바람이 빠르게 스쳐 갔어.

오랜만에 느끼는 설렘이 온몸에 꽉 차오르는 것 같았지.

집에 와서 가방을 던져 놓고 글러브를 찾아서 밖으로 나갔더니 현우도 벌써 글러브를 챙겨 나와 있었어.

우리 둘은 꽤 오랫동안 캐치볼을 하고 놀았지.

"오, 너 공 좀 던질 줄 아는데? 그럼 우리 서로 점점 멀어지면서 던져 보자. 그래서 누가 더 멀리 던지는지 해 보는 거 어때?"

"좋아."

나도 멀리 던지기는 자신 있어서 현우의 제안을 받아들였지.

"너도 좀 하는데?"

"야, 배고프다. 우리 편의점에 뭐 사 먹으러 가자. 내가 사 줄 게."

"그래, 나도 살짝 배고팠는데 잘됐다. 가자!"

현우와 나는 편의점에서 라면을 골랐어.

"역시 편의점에선 라면이 진리지."

현우는 편의점에서 라면을 자주 먹어 봤는지, 나처럼 허둥지 둥하지 않고 순식간에 라면을 먹을 준비를 끝냈어.

후루룩~~ 쩝!

배고팠던 우리는 순식간에 라면을 먹어치웠지.

그런데 배가 부르니 그제야 슬슬 걱정이 되기 시작하더라.

"현우야, 나 집에 가 봐야 할 것 같아."

"왜? 무슨 일 있어?"

현우는 놀란 눈으로 나를 보며 말했어.

"사실 나 오늘 학원 빼먹었어."

"나 때문에?"

"그건 아니고, 그냥 안 가고 싶어서."

"학원 안 갔다고 엄마한테 혼나는 거 아냐?"

"아마…… 그렇겠지."

"미안해. 나 때문에……."

"너 때문 아니니까 걱정하지 마."

난 글러브를 챙겨 들며 현우의 말을 잘라 말했어.

"나 먼저 갈게. 내일 봐."

"어, 그래. 오늘 고마웠어. 놀아 줘서……."

"놀아 주는 게 어디 있냐? 그냥 재미있으니까 내가 논 거지. 먼저 갈게."

집으로 달려가면서 엄마한테 혼날 생각에 걱정도 됐지만, 마음 한구석에 막혀 있던 무언가가 뻥 뚫린 기분이 들었어.

그 순간 엄마의 감정이 나에게 전해진 거야.

나를 향한 걱정, 분노, 속상함, 미안함…….

어떻게 해야 하지?

엄마가 느끼는 감정이 한꺼번에 나에게 전해지는 느낌이었어.

그것을 어떻게 설명해야 할까?

12

엄마의 검은 선과 줄다리기

현우와 헤어지고 집으로 오는데 그때부터 마음이 점점 급해졌어.

엘리베이터를 타고 있으면서는 가슴이 콩닥콩닥 뛰었어.

급한 마음에 막 뛰어와서 그런지, 아니면 엄마한테 혼날까 봐 걱정되어서 그런지 모르겠지만 말이야.

엘리베이터가 열리고 우리 집 현관문이 보이자 두근거림이 더 심해지기 시작했어.

엘리베이터에서 현관문까지 이렇게 멀었나 싶더라.

순간 '도망칠까?' 하는 생각이 1초 정도 들더라고.

"철컥."

현관문을 열고 집에 들어가니 엄마가 식탁에 앉아 계셨어.

보통 때였으면 어서 밥 먹으라고 했을 텐데 아무 말씀도 안 하시더라.

그때, 나는 봤어.

엄마에게서 나온 검은 선이 내 가슴에 붙어 있는 것을 말이야.

찌릿한 게 정말 기분 나쁘도록 아팠어.

엄마 눈을 마주 볼 수 없어서 고개를 숙이고 내 방으로 들어가려는데 엄마가 내 이름을 불렀어.

"여민기!"

"네."

갑자기 엄마가 크게 소리를 질러서 깜짝 놀랐나 봐.

평소에 안 하던 존댓말이 다 나오더라.

"너, 오늘 학원 안 가고 뭐 했어?"

엄마가 쏘아붙이듯 내게 말했지.

거짓말은 안 통한다는 걸 알고 있었어.

엄마는 내가 학원을 안 간 걸 이미 알고 계셨어.

단지 그 이유가 궁금한 거지.

난 현관문을 열고 들어올 때와는 다르게 차분해졌어.

나는 엄마를 똑바로 쳐다보며 말했지.

"친구랑 놀았어."

"친구랑 노느라 학원을 안 갔다고?"

"응."

"친구랑 뭐 했는데?"

"캐치볼."

"뭐라고?"

엄마의 눈꼬리가 올라가며 되물었지.

엄마의 검은 선이 나에게 파고들었어.

검은 선은 내가 관심을 가지지 않는다고 선이 이어지지 않는
건 아니었어.

엄마의 선이 내 가슴을 파고들어 오니 나도 감정이 비틀리기 시작하는 거야.

한번 비틀리기 시작한 감정은 걷잡을 수 없이 부풀어 오르더니 터뜨리지 않고는 견딜 수가 없었어.

"캐치볼 했다고!"

나도 엄마에게 소리를 지르고 말았지.

그런데 소리를 지르고 나니까 후회가 밀려왔어.

하지만 멈출 수 없었지.

엄마와 내가 검은색 선을 가지고 줄다리기를 하는 것 같았어.

서로 양보 없이 팽팽하게 잡아당기고 있어서, 누군가가 선을 놓지 않는 이상 영원히 계속될 것처럼 느껴졌어.

"그깟 공 던지기나 하려고 학원을 안 갔다는 게 엄마는 이해가 안 가. 친구가 학원 가지 말고 자기랑 놀자고 꼬셨니?"

"아니, 그런 거 아냐. 그냥 내가 안 가고 싶어서 친구한테 캐치볼 하면서 놀자고 했어."

"그 애 이름은 뭐야? 전화번호 불러 봐. 엄마가 확인해야겠어."

엄마는 핸드폰을 들고 나를 다그쳤어.

갑자기 엄마가 무서워지기 시작하더라.

잔소리는 좀 심한 편이지만 엄마가 이러는 건 처음 봤거든.

너무 낯설었어.

그래서였나? 나도 모르게 뒷걸음질을 쳤나 봐.

그런 나를 본 엄마는 아까보다는 감정을 누그러뜨리고 말했어.

"한 번도 그런 적 없던 네가 이러니까 엄마가 이해가 안 되는 거야. 학원 가는 거 한 번도 싫다고 안 했잖아."

"난 학원 가는 거 분명히 싫다고 했어. 엄마가 내 말을 듣지 않아서 더 말을 안 한 것뿐이지."

"이게 다 널 위해서지 엄마를 위해서니?"

나는 엄마의 그 말에 더 화가 났어.

"날 위한 게 뭔데? 내가 요즘 뭘 하고 싶은지, 내가 무슨 고민이 있는지 관심도 없잖아. 엄마랑 아빠는 맨날 집에 오면 핸드폰만 보면서. 내가 학원 가고 싶다고 했어? 억지로 학원 보낸 건 엄마인데 그게 어떻게 날 위한 거야?"

나도 모르게 엄마에게 소리를 질렀어.

엄마 얼굴이 빨개졌어.

'내가 너무 심했나?' 하는 생각이 들었지만, 이상하게 속이 시원해지는 거야.

그동안 이런 말을 하고 싶었던 걸까? 하는 생각이 들 정도였지.

그때였어.

엄마의 눈동자가 흔들리면서 여러 가지 색깔이 뒤섞인 선이 나와서 내 주변을 맴돌지 뭐야. 검은색, 흰색, 빨간색······.

지금까지 내가 봐 왔던 선과는 달랐어.

외면하고 싶었지만 내 앞에서 서성대는 엄마의 선을 계속 모른 척할 수는 없었어.

내 선을 내밀어 엄마의 선과 닿았어.

그 순간 엄마의 감정이 나에게 전해진 거야.

나를 향한 걱정, 분노, 속상함, 미안함······.

어떻게 해야 하지?

엄마가 느끼는 감정이 한꺼번에 나에게 전해지는 느낌이었어.

그것을 어떻게 설명해야 할까?

도무지 어떻게 설명해야 할지 모르겠어.

"얘가. 당장, 네 방으로 들어가! 꼴도 보기 싫으니까."

엄마는 소리를 지르며 나에게 말했어.

엄마는 나에게 느꼈던 많은 감정 중에서 아무래도 분노를 선택한 것 같아.

나는 지금 엄마와 무슨 말을 해도 소용없다는 걸 알았지.

내 방으로 가려는데 현관문 비밀번호를 누르는 소리가 났어.

수상한 안경점

"무슨 일 있어?"

현관문을 열고 집에 들어오신 아빠가 눈이 동그래져서 우리를 보고 말했어.

둘 다 아무 말이 없자 아빠는 평소와 같이 양말을 벗어 세탁 바구니에 던져 넣고는 소파에 누워 핸드폰을 보려고 했어.

엄마는 아빠를 노려보더니 한마디 하고는 안방으로 들어가셨어.

"여보, 잠깐 안방으로 들어와 봐요."

아빠는 나를 보고 안방을 가리키고는 무슨 일이냐는 듯 어깨를 으쓱하더니 방으로 들어가셨지.

나는 엄마가 아빠에게 무슨 말을 하려는지 알고 있었어.

보나마나 내가 오늘 처음으로 학원 빼먹은 얘기부터 엄마에게 소리를 지른 것까지 다 이르겠지 뭐.

이미 엎질러진 물이라고 생각이 들다가도 내가 괜한 말을 한 것 같아 후회도 됐지.

어디서부터 어긋난 건지 도무지 알 수도 없고, 어떻게 해결해야 할지 막막해서 머리만 북북 긁어 대다 방으로 들어왔어.

내 방에 오니 다리에 힘이 풀려 책상 의자에 털썩 주저앉아 버렸지.

그렇게 한참을 책상에 엎드려 있었어.

끝까지 TV를 보고 있었지만

엄마의 선은 계속 나한테 향해 있다는 것도 알 수 있었지.

그래서였을까?

내 말에 엄마가 모른 척해도 속상하지 않더라고.

13

알 것 같다, '감정'이라는 것

"따르르릉."

핸드폰 알람 소리에 잠을 깨서 일어나 보니 집이 조용했어.

오늘도 식탁에는 잼 바른 빵과 달걀프라이, 우유가 올려져 있었어.

"앗, 뜨거워."

접시를 옮기려고 잡는 순간 나는 뜨거워서 깜짝 놀랐어.

손이 얼얼할 정도로 달걀프라이 접시가 뜨겁지 뭐야.

식어빠진 달걀프라이만 먹다가 따뜻한 프라이를 먹으니까 기분이 좋아지더라.

달걀 한 알에 이렇게 기분이 왔다 갔다 하다니 정말 웃기지 않아?

아침에 눈을 뜨고 나서부터 어제 엄마와 다툰 일이 생각나서 마음이 무거웠거든.

따뜻한 접시가 내 마음을 조금 가볍게 해 준 것 같아.

교실에 도착하니 현우가 내게 다가왔어.

"어제 엄마한테 많이 혼났지?"

"그냥, 조금……."

나는 현우한테 어제 엄마와 있었던 일을 다 말하고 싶지는 않았어.

수상한 안경점

현우가 미안해할 것 같기도 하지만 솔직히 쪽팔리는 게 더 싫거든.

또 엄마를 안 좋게 말하는 것도 싫고 말이야.

"그래? 나는 엄마한테 많이 혼났는데……. 그러다가 엄마랑 한 번 크게 싸우고 나서 엄마랑 서먹서먹해졌어."

"너도 그런 적 있구나. 사실 나도 어제 엄마랑 싸웠어. 아니, 내가 엄마한테 소리 질렀어."

현우가 자기 이야기를 솔직하게 털어놓자 나도 내 이야기를 해도 될 것 같았어.

"그럴 줄 알았어!"

현우는 배려심도 있는 아이라는 생각이 들었어.

예전에는 그냥 친구들을 괴롭히는 문제아라고만 생각했었는데, 점점 알아가다 보니 속 깊은 면도 있던 거야.

그래서 현우에게 물었지.

"현우야, 어떻게 하면 엄마와 화해할 수 있을까?"

"너, 지금 엄마랑 싸운 나한테 SOS 치냐?"

현우가 장난스럽게 말했어.

하긴 그래.

나도 그냥 웃고 말았어.

"그래, 네 말 듣고 보니 좀 그렇네. 하하."

나는 웃으면서도 마음 한쪽이 찌릿하게 아파 왔어.

그 순간 나에게 다가오는 선을 보게 된 거야.

교실 밖에서, 그것도 아주 멀리서 뻗어 온 선이었지.

난 바로 그 선의 주인이 누군지 눈치챌 수 있었어.

그런데 선은 금세 사라졌지.

학교에 있는 내내 멀리서 보내온 선이 희미하게 보였다가 금방 사라지곤 했어.

학원을 마치고 집으로 가는 길에 집에 가면 엄마에게 어떻게 사과를 할지 생각을 해 봤지.

그런데 어떻게 말을 먼저 꺼내면 좋을지 아무리 생각해도 모르겠는 거야.

어라, 벌써 현관문이야.

"에이씨, 나도 모르겠다."

"띠띠디디디띠, 띠리릭, 철컥."

현관문을 열고 들어오자 TV 소리가 났어.

엄마는 나를 쳐다보지도 않고 TV만 보고 있었지.

그런데 웃긴 건 엄마에게서 나온 하얀 선이 나를 향하고 있는 거야.

엄마는 전혀 모르는 척했지만 그 선은 나만 볼 수 있잖아.

나는 웃음이 나올 뻔한 걸 간신히 참았어.

"나 왔어."

나는 웃음을 참고 평소처럼 인사를 했지.

나에게서도 하얀 선이 나와서 엄마에게 향하고 있었어.

그래도 엄마는 모른 척하면서 계속 TV를 보고 있는 거야.

엄마를 힐끔 보니 엄마의 선이 내가 보낸 선과 닿을까 말까 망설이듯이 흔들리고 있다가 닿는 게 보였어.

방에 가방을 놓고 나오는 나에게 엄마가 한마디 하셨지.

"식탁에 밥 차려 놨으니까 밥 먹어."

그제야 식탁에 차려진 저녁밥이 보였어.

내가 좋아하는 김치볶음밥이었지.

내가 오는 시간에 맞춰서 달걀프라이를 했는지 아직 김이 솔솔 올라오고 있었어.

그런데 그때 내 가슴속 저 깊은 곳에서 물컹, 하는 느낌이 났어.

뭐라 설명할 수는 없어서 패스~.

"엄마랑 같이 먹으면 안 돼? 나 혼자 먹기 싫은데."

헐~ 나도 모르게 튀어나온 소리에 나는 식탁 밑으로 숨고 싶었어.

나답지 않게 그 말투에는 어리광이 잔뜩 들어 있었거든.

'내가 이런 말을 할 줄이야.'

하지만 말은 이미 내뱉었고, 나는 엄마의 선을 살폈지.

어느새 엄마의 선은 나에게서 나온 선과 맞닿아 있었어.

그런데 그 선에서 엄마의 미안해하는 마음이 전해지더라.

아침부터 내 마음속에서 뜬금없이 떠올라 신경 쓰이게 했던 것과 같았지.

그제야 오늘 하루, 엄마의 마음도 내 마음과 비슷했다는 것을 알게 되었지.

선을 통해 감정이 전달되는 건 처음이었어.

이런 감정이었구나!

엄마의 얼굴을 보니 어제보다, 그리고 조금 전보다 훨씬 편안해 보였어.

끝까지 TV를 보고 있었지만 엄마의 선은 계속 나한테 향해 있다는 것도 알 수 있었지.

그래서였을까?

내 말에 엄마가 모른 척해도 속상하지 않더라고.

엄마의 마음을 알고 있어서 그런지, 내 말에 엄마가 모르는 척하시는 것도 그렇게 속상하지 않았어.

엄마는 내 말을 듣고 나서 어쩔 수 없다는 듯이 "휴~" 하고 한숨을 내쉬고는 TV를 끄고 식탁으로 왔어.

엄마의 한숨이 마치 내 마음 한구석에서 굴러다니는 돌을 덜어 낸 것 같은 느낌이 들었어.

"엄마는 지금 밥 생각이 없어. 그냥 식탁에만 앉아 있을게."

엄마는 내가 앉은 반대편 의자에 앉으며 말했어.

'에고……'

나는 속으로만 아차 싶었지.

나는 그냥 김치볶음밥을 먹었어.

그런데 그런 거 있잖아.

밥도 같이 안 먹으면 그 누가 앉아 있어도 먹는 사람 엄청 짜증나는 거!

나는 엄마가 무슨 말이라도 하길 기다리면서 밥을 먹었지만, 엄마는 그냥 내가 먹는 것만 지켜보고 계시는 거야.

'엄마는 그냥 TV 보시지.'

엄마는 원래 김치볶음밥을 최고로 잘 하시는데 오늘은 그냥 매운 김치 밥을 먹는 것만 같았어.

밥을 다 먹고 매운 맛이 남아서 물을 마시고 나자, 드디어 엄마가 헛기침을 하는 거야.

저 헛기침은 분명 무슨 말을 하려고 하는 신호야.

그동안의 경험으로만 봐도 알 수 있었지.

잠깐 엄마는 말없이 무언가 생각하시더니 말을 꺼내셨어.

"며칠 전에 학부모 상담을 갔었어. 담임 선생님께서 네 얘기를 하면서 걱정하시더라. 쉬는 시간에 친구들이랑 어울리지도 않고 학원 숙제만 하고 있다고. 학원 숙제를 끝내도 그냥 자리에 앉아서 친구들 노는 것만 보고 있다고 말이야. 엄만 그냥 숙제가 많아서 힘든가 보다 하고 생각했어. 그런데 그게 아니었던 것 같아."

난 그냥 가만히 듣고만 있었고 엄마는 말을 이어 갔어.

"어제 민기 네가 그렇게 소리치는 모습에 얼마나 놀랐는지 몰라. 그런데 아빠랑 얘기하면서 엄마 아빠가 그동안 너무했다는 생각이 들더라. 집에서 너랑 이야기하는 시간보다 핸드폰 하는 시간이 더 길었던 것 같아. 어렸을 땐 놀러도 다니고 책도 읽어 주고 하면서 같이 시간을 많이 보냈는데……."

"……."

"그래서 너한테 많이 미안하다고, 그 말이 하고 싶었어. 그리고 앞으로 우리 가족이 모이는 시간에는 핸드폰은 최대한 자제하기로 했어. 아빠도 그러더라. 예전에는 캐치볼도 많이 했는데, 언제부터인지 그것도 안 하게 되었다고."

"그건 그래~~."

"그런데 민기야, 학교 친구들 중에 친한 친구는 없니?"

'어쩐지, 왜 그 말이 안 나오나 했어.'

나는 살짝 짜증이 났어.

그런 것 있잖아. 길 잘 가다가 돌부리에 넘어질 뻔하고,

밥 잘 먹다가 체할 것 같은 기분이 들고,

게임이 잘 풀리는데 상대방이 광탈하는 느낌?

"네가 말하기 싫으면 어쩔 수 없지만, 선생님 만나고 오니 엄마도 걱정되어서 그래. 물론 아빠도 그렇고."

"그냥 혼자 있는 게 좋아."

"친한 친구는 없어?"

"별로."

"그래도 짝꿍이랑은 좀 친하지?"

정말 집요한 엄마다.

"에잇, 학교에서 얼마나 있는다고 그래. 끝나면 학원 가기 바쁜데."

순간, 엄마 표정이 복잡해졌어.

뭐라 설명할 수 없어서 그냥 '복잡하다'라고밖에 못 하겠어.

실망한 것 같은 표정과 놀란 것 같은 표정이 뒤섞였다고 해야 할까?

내가 김치볶음밥을 다 먹었는데도 한참 동안 아무 말도 안

하고 식탁에 앉아 계시더라.

그러다가 엄마는 마치 다른 말을 하는 것처럼 표정이 장난스럽게 바뀌면서 말했지.

"그렇다고 너도 같이 그렇게 핸드폰만 하면 어떡하니? 학생이 말이야."

그리고 이어서 이렇게 말했어.

"엄마 아빠가 미안해."

그런데 참 이상했어.

엄마가 "미안해"라고 말한 순간, 내 안에서 뭔가 북받쳐 오르는 거야.

솔직히 나는 원래 혼자 있는 게 편했거든.

친구를 만드는 건 좀 귀찮은 일이잖아?

친구는 그냥 온라인에서 게임하는 정도만 있어도 충분했거든.

굳이 따지자면 학교에서 급식 먹을 때 정도?

그것도 반별로 먹기 때문에 혼자 먹는 것도 아니야.

여러 명이 같이 먹는 거지. 안 그래?

또 학교 끝나면 바로 학원에 가야 하니까 친구가 있어도 놀 시간도 없어.

학원은 또 어떻고?

내가 말했지? 학원을 세 개나 다닌다고.

(5학년이 되면서 태권도랑 피아노는 다 끊어 버렸지만 그래도 세 개야.)

수학학원은 월요일부터 금요일까지 5일 내내 다니고, 거기에 논술학원, 영어학원까지.

집에 오면 저녁 7시가 다 된단 말야.

그럼 당연히 집에 와서 밥 먹고, 숙제하고, 게임하면 하루 끝이야.

다른 아이들도 별로 다르지 않을걸?

물론 친한 애들끼리 게임도 하고 과제도 하지만, 나는 친구가 없는 게 불편하지 않았어.

지금까지는 말이야.

그런데 현우랑 놀아 보니 뭐 친구가 있어도 나쁘지 않을 것 같긴 해.

지루하기만 했던 학교가 살짝 재미있어지려고 하거든.

아빠 대신 캐치볼도 할 수 있고, 야구 이야기를 같이 하는 것도 재미있었어.

그리고 무엇보다 사람들 사이에서 나오는 선을 보면서 내가 달라졌다는 생각이 들었어.

엄마가 미안하다는 말을 오늘 한 번만 하신 건 아니거든.

그런데 그동안 느끼지 못했던 걸 느낄 수 있었어.

오늘 엄마에게서 나온 선과 엄마가 조곤조곤 내게 이야기할 때의 눈빛,

있잖아, 나도 모르게 목이 메어 왔어.

엄마가 달라졌을까?

하지만, 그건 아니라는 걸 알고 있어.

내가 달라진 거야.

그 수상한 안경점의 수상한 아저씨가 만들어 준 안경 때문일 거야.

나는 내 감정을 엄마한테 들키는 것이 부끄러워 괜히 정수기 앞으로 갔어.

마시고 싶지도 않은데 물을 한 컵 받아서 꿀꺽꿀꺽 마셨지.

나도 엄마한테 미안하다고 말하고 싶은데 입을 여는 순간 눈물이 터질까 봐 입술만 쩝쩝거리고 말았어.

엄마와 닿아 있던 선을 통해 내 마음이 전해졌을까?

엄마는 설거지를 하러 싱크대로 와서 정수기 앞에 서 있던 내 옆에 서서 엉덩이를 툭툭 두드렸어.

엄마는 이제 화 풀어서 괜찮으니 말하지 않아도 안다는 것처럼 느껴졌지.

그런 생각을 하니 갑자기 용기가 생기더라.

"엄마, 내가 소리 지르고 맘대로 학원 빠져서 미안해……
요."

웃기지?

그런데 엄마가 씽긋 웃으면서 말씀하시더라.

"민기야, 학원을 좀 줄여 볼까?"

"어, 진짜?"

"엄마는 네가 학원에 가지 않으면 뒤떨어질 것 같았어. 그래
서 민기 네가 집에 있으면 불안하고, 학원에 가야 안심이 되었
어. 그런데 생각해 보니 꼭 그렇지만도 않을 것 같아."

나는 좀 어리둥절했어.

이게 무슨 일?

"그렇다고 너무 좋아하지는 마. 맨날 게임만 하면 다시 학원
알아볼 거니까."

엄마는 행주를 꼬옥 짜며 내게 눈을 흘기시며 말했어.

"당연하지, 엄마. 내가 뭐 게임 중독자도 아니고!"

내가 너무 신나 해서 그렇겠지만 엄마는 아무 말도 안 하고
들어가시더라.

하지만 난 알았지.

엄마의 선을 통해 전해지는 감정이 무엇인지 말이야.

무엇보다 이제 선에 대해서 분명히 알 것 같아.

누군가와 선이 연결되는 것이 얼마나 소중한 경험인지도 말이야.

내일은 현우에게 야구를 같이 하자고 해야겠어.

안경테가 깨져서 선을 보지는 못했지만,
그 아이의 모습에서 어제의 내 모습을 보게 된 거지.
'이게 안경점 아저씨와 엄마가 얘기했던 공감인가?'

14

앗, 선이 보이지 않는다!

난 수업이 끝나고 교실을 나서는 현우에게 말했어.

"현우야, 너 오늘도 야구 할 거야?

"응, 당연하지."

"그럼, 나랑 같이 가자."

"그래 좋아. 근데 학원은?"

"엄마랑 얘기해서 학원 줄이기로 했어."

"여~~ 민기, 어제 엄마한테 혼나는 줄 알았는데 얘기가 잘 됐나 봐?"

"어, 그렇게 됐어."

"엄마랑 어떻게 화해했는지 나한테도 좀 알려 주라. 나도 엄마랑 화해 좀 해 보고 싶은데……."

현우가 내 손을 붙잡으며 간절하다는 듯 장난 섞인 표정으로 말했지.

"방법이 있긴 하지만 알려 주긴 어려워."

나는 안경을 추켜올리며 말했어.

"이 자식 이거 안 되겠네~."

현우는 장난스럽게 내 옆구리를 쿡 찌르며 말했지.

현우와 나 사이에 연결된 하얀 선이 뚜렷하게 보였어.

현우는 생각보다 괜찮은 친구더라.

현우가 선을 받아 주기 전에는 말을 툭툭 던지고 아무 이유

없이 친구들을 괴롭히는 줄 알았어.

하지만 현우가 끊임없이 내미는 선을 잡아 보니 외로운 마음이 느껴졌어.

사실 나도 외로웠나 봐. 그래서 현우 마음을 누구보다 잘 이해할 수 있었나 봐.

"너, 무슨 생각을 하길래 그렇게 씩 웃냐?"

현우가 물었어.

"아무것도 아냐."

나는 웃으며 고개를 가로저었어.

"우선 논술학원은 쉬기로 했으니까 오늘은 조금 시간이 있어."

"그럼 오늘 우리 게임 한 판 붙고, 캐치볼 한 판 어때?"

"그래, 좋아."

우리는 집에 가서 가방을 두고 글러브를 챙겨 나와서 캐치볼을 했지.

아파트 광장으로 가면서 현우가 말했어.

"오늘은 우리 서로 점점 멀어지면서 던지는데, 상대방이 서 있는 곳까지 못 던지면 지는 거다."

"훗, 가소로운 녀석, 너의 도전을 받아들이겠다."

나도 웃으며 말했지.

광장에서 우리의 자존심 대결이 시작됐지.

처음에는 가까이서 던지다가 점점 한 걸음씩 멀어지며 캐치볼을 했어.

"민기야, 조심해!"

현우가 던진 공이 생각보다 멀리 가서 잡으려고 따라가는 중이었어.

현우의 말에 놀라서 옆을 보니 놀이터에서 자전거를 타고 빠르게 달려오던 남자아이가 보였어.

너무 빨리 내 쪽으로 오는 바람에 부딪히고 말았지.

"괜찮아?"

현우가 놀란 눈으로 뛰어오며 말했어.

심하게 다치지는 않았지만, 그 친구와 부딪히면서 안경테가 부러지고 말았어.

"괜찮아, 근데 안경테가 부러졌어."

나를 보더니 현우가 그 아이에게 소리를 질렀어.

"야, 그렇게 빨리 달리면 어떡하냐? 내 친구가 다쳤잖아."

그 아이는 아무런 말도 못 한 채 우물쭈물했어.

그 모습을 보니 어제 내 모습이 생각이 나더라고.

수상한 안경점

엄마에게 사과를 하지 못하고 우물쭈물했던 게 말이야.

안경테가 깨져서 선을 보지는 못했지만, 그 아이의 모습에서 어제의 내 모습을 보게 된 거지.

'이게 안경점 아저씨와 엄마가 얘기했던 공감인가?' 하는 생각이 들었어.

"현우야, 그러지 마. 꼬마야, 형은 괜찮으니까 너무 미안해하지 마. 형이 공 잡으러 뛰어가다 그런 거니까."

난 현우를 말리며 그 아이에게 말했지.

그 아이도 그제야 마음이 놓였나 봐.

"형아, 미안해. 내가 친구랑 빨리 가기 내기를 하느라……."

아이의 말에 나는 오히려 손사래를 쳤어. 그러면서 얼른 일어났지.

그 아이가 더 미안해하기 전에 말이야.

"어떡하냐?"

그 아이를 보내고 오면서 현우가 걱정하듯 말했어.

"다시 맞추면 돼. 걱정하지 마. 근데 잘 안 보여서 캐치볼은 못 할 것 같아."

"그래, 난 괜찮으니까 집에 가서 빨리 안경 맞춰."

현우랑 헤어지고 집으로 오는데 무릎이랑 옆구리가 욱신거리기 시작하는 거야.

난 다리를 절뚝거리며 집으로 돌아왔어.

집에 오니 엄마가 저녁을 준비하시다가 부러진 안경을 보고 말했어.

"민기야, 무슨 일이야? 안경은 또 왜 부러졌니?"

"현우랑 놀다가 자전거 탄 친구랑 부딪혀서 부러졌어."

"다친 데는 더 없고?"

"무릎이랑 옆구리가 조금 욱신거리는데 괜찮아. 안경만 다시 맞추면 돼."

"그럼 저녁 먹고 엄마랑 안경점으로 가자."

저녁을 먹고 엄마와 나는 얼마 전에 이 안경을 맞췄던 안경점에 가 봤어.

하지만 이미 그 가게는 문을 닫고 없었어.

대신 새로운 안경점이 들어서 있었지.

"지난번 안경점은 영 못마땅했는데, 새로 생긴 안경점은 인테리어도 깔끔하고 안경테도 훨씬 종류가 많네."

엄마가 안경점 내부를 둘러보시더니 말했어.

사실 그랬지.

수상한 안경점

지난번 안경점보다는 훨씬 세련되게 꾸며져 있었거든.

하지만 난 왠지 마음 한구석이 허전한 기분이 들었어.

"손님, 무엇을 도와드릴까요?"

점원이 우리에게 다가와서 물어봤어.

엄마는 부러진 안경을 내밀며 말했어.

"안경을 떨어뜨려서 안경테가 부러졌어요."

점원 분은 안경을 살펴보더니 말씀하셨어.

"부러진 안경테는 수리가 안 되고요, 안경이 떨어지면서 렌즈가 많이 긁혔네요. 렌즈까지 바꾸셔야겠어요."

"네, 그렇게 해 주세요."

"그럼, 마음에 드는 안경테를 먼저 고르세요. 렌즈는 새로 만들어 드릴게요. 학생은 잠깐 안으로 들어가서 시력 검사를 해 보자."

점원의 안내로 좀 어두운 안쪽으로 갔어.

그런데 지난번 가게에 있던 기계와는 다르게 눈만 검사하는 거야.

그래서 물어봤지.

"지난 번에는 X-ray 기계처럼 눈이랑 같이 가슴도 측정하는 기계였는데 달라졌네요."

그 말에 점원은 무슨 말을 하는지 모르겠다는 듯 눈을 크게 뜨며 말했어.

"시력을 측정하는 데 가슴까지 측정할 필요는 없지. 그런 기계가 있다는 얘기는 처음 듣는걸?"

"아, 네⋯⋯."

나는 뻘쭘해져서 점원이 시키는 대로 기계에 가서 앉았어.

그리고 렌즈에 눈을 대고 시력을 검사했지.

모든 과정이 순식간에 끝났어.

아무런 대화도 필요 없었지.

단지 사물이 선명하게 보이는지, 흐릿한지만 짧게 확인하면 끝이야.

검사가 끝나고 밖으로 나와 보니 엄마가 안경테를 고르고 계셨어.

나는 지난번과 비슷한 안경을 찾아 보았지만 보이지가 않았어.

이번엔 엄마가 안경테를 골라 주셨는데 지난번에 내가 골랐던 안경테와 비슷한 안경을 가지고 왔더라고.

"민기야, 이거 한번 써 봐."

나는 엄마가 건네준 안경테를 쓰고 엄마에게 물어봤어.

"어때?"

"잘 어울리네. 이걸로 하자."

나도 엄마가 골라 주신 안경테가 마음에 들었어.

렌즈가 다 만들어지길 기다리면서 나는 생각했어.

'이번에도 사람들 사이에 연결된 선이 보일까? 아니면, 이번엔 뭔가 다른 마법을 가진 안경을 쓰게 될까?'

조금은 설레는 마음으로 새로운 안경을 기다렸지.

"자, 다 됐다. 한번 써 볼까?"

아저씨가 건네준 안경을 쓰고 주변을 둘러보았어.

더 선명하게 엄마의 얼굴이 보였지. 그런데 이상하게 선이 보이지 않았어.

엄마와 나 사이에 연결된 선이 보이지 않았지.

안경점 안에 있던 다른 사람들을 둘러봤어.

아무에게서도 선이 보이지 않았어.

"학생, 뭘 찾고 있는 거야?"

"아, 아니요. 그냥 둘러본 거예요. 안녕히 계세요."

아저씨께 인사를 하고 가게를 나왔어.

이번엔 주변에 지나가는 사람들을 열심히 살펴봤지.

집으로 돌아오는 동안 많은 사람들을 봤지만, 더 이상 선은 보이지 않았어.

조금, 아니 많이 아쉬웠어.

그동안 선을 볼 수 있어서 현우랑도 친해지고, 우리 가족끼리도 다시 가까워질 수 있었는데 말이야.

이제 선을 보지 못하면 다시 원래대로 돌아가지는 않을까 걱정도 들었지.

집으로 돌아와서는 혹시나 하는 마음에 거실 탁자에 놓여 있는, 아빠가 사 두신 복권을 봤어.

하지만 복권에는 아버지가 선택한 숫자 말고는 아무것도 보이지 않았어.

다음엔 수학 문제집을 펼쳤지.

문제는 가득 있었지만, 답은 보이지 않았어.

그제야 깨달았어. 새로운 안경은 그냥 평범한 안경이라는 것을 말이야.

갑자기 내 안에서 뭔가 쑥 빠져나가는 느낌이 들었어.

문득 안경점 아저씨의 말이 생각났어.

"이 안경의 역할은 여기까지야."

친구는 공기놀이와 같다

"여~ 민기, 안경 바꿨네. 다친 데는 괜찮아?"

교실로 들어가자 현우가 날 반기며 말했어.

"응, 괜찮아. 안경 어때?"

"음, 더 못생겨진 것 같은데."

현우의 장난스런 대답에 그냥 웃음이 났어.

현우랑 나랑 연결된 선이 보이진 않았지만, 어제와 전혀 다르지 않았어.

그냥 우린 짓궂은 장난도 받아 줄 수 있는 친한 친구라는 생각이 들었지.

선이 안 보이는데도 그렇게 느껴지는 게 신기했어.

안경점 아저씨가 얘기했던 대로 많은 사람이 선을 보고 있다는 것이 이런 걸까 하는 생각이 들었지.

선으로 보이진 않지만 연결되어 있는 것 같은 느낌 말야.

나와 현우는 오늘 비가 와서 점심시간에 공기놀이를 했어.

쉬는 시간에 친구와 어울린 건 정말 오랜만이었어.

"야, 이번 판은 10년 내기야."

"내가 너보다 못하니까 내가 먼저 한다. 인정?"

"콜! 그래도 내가 이길 것 같은데."

나보다 공기놀이가 익숙하지 않은 현우에게 먼저 하게 한 뒤에 옆을 보았어.

정희가 서서 우리가 공기놀이 하는 걸 보고 있었지.

선은 보지 못하지만 어렴풋하게 정희의 마음이 어떤지 알 수 있었어.

그래서 정희에게 물었어.

"같이 할래?"

"응, 나도 같이 해도 돼? 좋아."

정희가 기다렸다는 듯이 해맑게 웃으며 말했지.

"참, 현우도 괜찮지?"

"잠깐, 민기야, 나 이제 이거 잡으면 10년이야. 잘 봐."

수상한 안경점

현우는 손등에 공깃돌 다섯 개를 올려놓고 말했어.

그러고는 다섯 개를 던져서 한 번에 다 잡아 버렸지.

"민기야, 봤지? 나 이제 무시하지 마라. 정희 실력도 좀 볼까?"

"나도 현우 너랑 비슷할 것 같은데?"

정희도 웃으며 공기놀이를 시작했지.

그런데 정희는 굉장한 실력자였어.

쓸기와 아리랑 등등, 고난이도 기술을 사용해서 순식간에 10년을 넘어섰지.

현우와 나는 정희를 보며 감탄했어.

"우와! 정희, 너 공기 진짜 잘하네!"

우리가 하는 공기놀이가 재미있어 보였는지, 어느새 우리 반 마녀 삼총사도 와서 구경하고 있었어.

선은 보이지 않았지만 이젠 친구들을 보면 어렴풋이 마음이 느껴지곤 했어.

마녀 삼총사도 우리랑 공기놀이를 같이 하고 싶은 눈치였지.

그래서 내가 말했어.

"왜? 너희도 같이 할래?"

"응, 우린 세 명인데, 다 같이 해도 돼?"

"응, 물론이지. 우리 팀 정하자. 나, 현우, 정희 이렇게 한 팀

하고, 너희 마녀…… 아니, 세 명이 한 팀으로 붙어 보자."

이렇게 해서 우리는 한 팀이 되어 마녀 삼총사와 공기놀이 대결을 벌이게 되었지.

그런데 이상한 건 이제 다시는 선을 보지 못하게 됐지만, 같은 팀을 이룬 우리 셋이 분명 무엇인가로 연결된 느낌이 났어.

내가 봤던 선이 이런 게 아니었을까?

공깃돌처럼 처음엔 각자가 한 명씩 떨어져 있지.

하지만 하나가 모여 둘이 되고, 둘이 셋이 되는 게 꼭 우리들 모습 같아.

공기놀이의 규칙은 무엇을 같이 잡아야 좋을까 고민하고, 가까운 곳에 있는 공깃돌끼리 잡고, 남겨진 공깃돌도 꼭 잡아야 다음 단계로 넘어갈 수 있잖아.

그것처럼 친구 관계도 더 가까운, 더 친근한 단계로 가려면 서로가 끊임없이 연결되어야 하지 않을까?

모두를 잡지 못하면 다음 단계로 넘어가지 못해서 아쉬워하는 것처럼 말야.

이런 생각을 하고 있는데, 갑자기 옆에서 누가 크게 말했어.

"뭐해? 이제 네 차례야!"

연결의 경험

　교사가 되고 싶다고 생각하던 초등학교 5학년 어느 날의 일이다. 그날따라 담임 선생님께서 편찮으셔서 우리 반에 보결 수업을 들어오셨던 다른 학년의 선생님께서는 들어오시자마자 칠판에 ㄱ부터 ㅎ까지 적으셨다. 그리고 멀뚱멀뚱 칠판을 바라보고 있는 우리에게 말씀하셨다.

　"여기에 적힌 자음의 이름을 한 번 써 보세요."

　처음엔 우리에게 이런 걸 시키는 이유가 무엇일까 싶었고, 너무 쉽다고 생각했다. 하지만 막상 자음의 이름을 쓰려고 하자 갑자기 헷갈리기 시작했다. ㄱ의 이름이 기역인지, 기윽인지, 기억인지…….

처음엔 5학년인 우리에게 왜 이렇게 시시한 걸 시키는 걸까 자신만만하던 아이들도 점차 말이 없어졌고, 곳곳에서 옅은 한숨이 새어 나왔다. 나도 마찬가지였다.

결국 아무도 자음의 정확한 이름을 맞히지 못했고, 선생님께서는 자음의 이름을 쓸 때는 규칙과 예외가 있다고 설명하시면서 수업을 마치고 유유히 나가셨다.

너무 쉽다고 생각했던 것에 그렇게 쉽게 무너질 줄 몰랐던 내게는 그 수업이 너무 충격적이었고, 나중에 내가 선생님이 되면 꼭 이런 활동을 해 봐야겠다는 다짐을 하게 되었다. 그리고 10년이 지난 뒤 나는 어린 시절의 꿈대로 교사가 되었다.

교사가 되고 보니 어린 시절의 나와 연결 지어 생각해야 하는 일들이 많았다. 어른이 되어 버린 교사가 아이들을 이해하기 위한 가장 빠른 방법도 나의 어릴 적 모습을 떠올려 보는 것이었다. 그러면 비로소 아이들의 마음도 이해할 수 있었고, 아이들을 진심으로 대할 수 있었다.

하루는 보결 수업을 하면서 아이들과 무슨 활동을 할까 생각하다가 5학년 때 나를 충격에 빠지게 했던 그 수업이 생각났다. 교사가 되면 꼭 이 활동을 해야겠다고 다짐했던 5학년의 내 마음이 점점 선명하게 떠올랐다. 과거의 나와 현재의 내가 연결되는 새로운 경험이었다.

그 이후 나는 연결에 대해 생각하게 되었다. 과거의 나와 현재의 내가 연결되는 경험만이 아니라, 살면서 다른 사람과 연결되는 다양한 경험도 하게 되었다. TV 속 드라마 주인공의 마음이 공감되는 경험, 자식을 잃은 엄마의 슬픔이 오롯이 전해져 한참을 같이 울었던 경험, 우리 반 아이를 상담하면서 그 아이가 하는 말이 너무 가슴 아파서 가만히 안아 주었던 경험들…….

그런 수많은 경험을 겪으며 이런 생각을 했다.

'다른 사람의 감정이 어떻게 나에게 전해지는 걸까?'
'나는 이 사람과 이야기하며 이런 감정이 느껴지는데, 왜 옆에 있는 사람은 이런 감정을 느끼지 않을까?'

이런 생각을 하다 보니 '사람들 사이에 감정을 담은 선이 연결되는 것은 아닐까?' 하는 재미있는 생각이 들었다. 선이 연결되는 사람에게는 감정이 전해지지만, 선이 연결되지 않으면 절대로 그 사람의 감정에 공감할 수 없다는 상상을 하게 되었고,

이 소설은 그 상상과 만나 탄생하게 되었다.

'타인과 수많은 관계를 맺으며 살아가고 있지만 우리는 얼마나 진심으로 타인과 연결되어 있을까? '

'타인을 진심으로 이해한다는 것은 어떤 과정을 거쳐 이루어지는 것일까?'

'지금 내 주변의 사람들과 나는 어떤 관계일까?'

이런 질문은 관계에 대한 고민이 가장 많은 시기이자 관계 때문에 가장 힘든 시기를 지나고 있을 청소년에게 의미 있는 질문이 될 것이다. 이 책을 통해 그런 질문과 생각을 함께 나누고 싶다.

조욱